破滅的倒懸者 3

特務搜查CIRO-S死亡線的終點

The Hanged Man falls into ruin.

吹井賢

雙岡珠子

秉持正義原則的ＣＩＲＯ－Ｓ第四班調查員，負責追蹤國家機密「Ｃ檔案」的下落。和不要命的東彌在一起後，得到超能力。別名「焦黑的十字」。

戻橋東彌

俊美的賭博狂。喜歡賭上性命一決勝負的麻煩人物。還在念大學，就已經和珠子一同成為「內閣情報調查室ＣＩＲＯ－Ｓ」的調查員。

五辻真由美

東彌青梅竹馬的好友，也是初戀對象，熟知東彌的過去。因為罹患「克萊恩-萊文症候群」而過著住院生活的美少女。

鳥邊野弦一郎

在R大學的連續可疑死亡事件幕後操作的真凶。具有「讓對手無法認知到自己」的可怕能力。

諾蕾姆·布拉克

祕密結社「佛沃雷」的「魔眼之王」威廉·布拉克的義女。雖然是綠眼的美少女，卻是受到畏懼的殺手，別名「作夢的死神」。

栁辻未練

東彌與珠子的上司。警察廳警備企畫課(通稱CHIYODA)的菁英警視，另外也擔任ＣＩＲＯ－Ｓ的外部監察官。帶領超能力者處理機關「白色部隊」，擁有卓越的能力。

Contents

輕文學
Light Literature

序幕

——「活在這世上的人，都會賭上某樣東西」。

不知何時聽過這句話，也不知道是誰說的。我已經不記得了。人類的歷史漫長到光是想像就覺得麻煩，其中的人物又多到讓人受不了，所以或許有很多人都說過同樣的台詞。

不過這不是重點。

重要的是，這句話是如假包換的事實。

在這個充斥著虛假與謊言的世界，這是唯一的真理、不可動搖的原則。

每個人都為了成為理想中的自己、得到欠缺的東西而活著。

沒有賭上任何東西的人、沒有拚上任何東西的人、沒有付出任何東西的人，等於是沒有活著；既不是任何人，也無法成為任何人。時鐘的針一直停著，沒有轉動。既不會輸，也不會贏。

所以我一直在賭。

為了成為理想的自己，為了繼續當我自己。

我賭過無數次，賭上各式各樣的東西。從「錢」這種普遍的賭注，到「性命」這種日常生活中不太會成為賭博對象的東西，我都曾經賭過。如果把瑣碎的賭博都算在內，我已經不記得自己賭過多少次、賭上什麼東西。

當我這麼說，別人會感到驚訝，但是對我而言沒有太大的差別。沒有多少金額的錢、和沒有多大價值的生命，就賭場籌碼這一點來說是一樣的，只有在賭場才能發光──不，只有在那個瞬間才會閃耀。兩顆骰子被丟到碗裡狂舞的剎那，珠子在旋轉的圓盤轉動的幾秒，從六張牌當中猜測莊家選擇哪一張的俄頃，雙方把正面朝下的牌翻開的須臾，賽馬繞過最後彎道、鼻尖接觸終點線的片刻，麻將自摸時以手指觸摸文字的當下，另外還有拋到空中的硬幣掉落到手背之前的短短時間。

這世上有宛若明星般閃耀的東西。

只有在那一瞬間才能閃耀的東西，確實存在。

……我不記得是怎麼開始的，也不記得過去的我想要成為什麼樣的我。

但是沒有關係。因為我知道對決的價值。

被撕裂而處處破損的一顆心，仍舊懷著炙熱的願望。越過死亡線的瞬間，血液與腦漿在沸騰，全身的細胞都在鼓動。我不禁露出笑容。沒錯，就是這個。只要這種感覺還在我心中，我就無法、也不想停止活下去。

我仍舊——可以當我自己。

然而不論是什麼樣的賭博，都有結束的時候。就如星星的光芒不是永恆，在決定勝負的剎那閃耀的生命，不久之後也會消失。

也因此，不需要流淚。因為這不是什麼大不了的事。

只不過是決定了勝負，迎接一場賭博的結尾。

沒錯。

只不過是拋到空中的硬幣出現了正面或是反面。

語言、力量、思想與刀刃，
支柱成為沉重的負荷。

位於日本首都東京千代田區的警視廳，是守護這座世界級大城市的警察大本營，也是堡壘。每次發生大事件或警察相關的醜聞，幾乎一定會出現在報導節目中，也常成為警察劇或懸疑片的舞台，因此應該很少人沒有看過。

然而較鮮為人知的是，矗立在這座巨大建築後方的，就是警察廳所在的中央聯合辦公廳舍第二號館。這裡是管理警察機構的國家公安委員會的主城。「警視廳終究只是東京都警察本部」。就如這句話的言外之意，守護日本、而不是只有守護東京的警察官僚，在這裡與總務省、國土交通省的菁英一起勤奮工作。

這座超高樓層的廳舍，或許比國會議事堂或首相官邸更具有支配日本的力量；既是這個國家的頭腦，也是黑幕。

同樣鄰接警視廳本部廳舍的，還有另一棟名為「警察綜合廳舍」的建築。位於內堀通的這座建築原本是警察廳（國家公安委員會）使用的，不過在中央聯合辦公廳舍成立、主要機能移轉之後，就被當成警察廳與警視廳的別館。或許是過去留下的痕跡，建築與警視廳之間有空中走廊連結，並且因為會議室很多而經常使用。不過知道這種情況的，大概也只有警察相關的人。

而知道這座老氣的建築地下樓層會議室是「白色部隊」專用聯絡間的，大概已經無法稱為「一般人」了。

「所以說，栁辻警視……」

排列成ㄈ字型的長桌上，放了幾台筆記型電腦，在幽暗的室內發光，映出他們的臉。

這些人包括栁辻未練隸屬的警察廳警備企畫課（通稱CHIYODA）的管理階層、未練外調單位的內閣情報調查室特務搜查部門（CIRO-S）負責人，另外還有幾個是超能力者處理機關「白色部隊」（正式名稱為警察廳警備局警備企畫課特別機動搜查隊）的熟面孔。

未練難得繫上領帶。他還不至於沒常識到不繫領帶來挑戰這群人。

話說回來，未練既是「白色部隊」的幹部，又居於CIRO-S外部監察官這種特殊的地位，可以說是特權階級；即使面對上司，也沒有必要唯唯諾諾。因此他只是顧慮到在組織工作的基本禮節而已。

「我們了解先前R大學事件的經過了。目前正在調查國際犯罪結社『佛沃雷』與『鳥邊野弦一郎』這名男子，另外也在搜尋疑似與鳥邊野有關的事件。」

「謝謝。」

「由於對方是世界級犯罪組織，外務省和入管廳（出入國在留管理廳）也提出種種意見，不過總算安撫了他們。」

未練朝著畫面中的臉低頭，內心嘆了一口氣，想著：「每次都這麼麻煩。」

對手是擁有稱作「GIFT」的超常力量的犯罪者，因此能夠對付的機關自然只有白色部隊或CIRO-S，但又不能向各方宣傳「對方擁有非比尋常的異能，請交給專業的來處理」。這是隱匿超能力祕密的祕密機關難為之處。再加上大家都不打算彼此配合，因此更加棘手。

這次新發現的佛沃雷成員名為鳥邊野弦一郎，擁有「不被人認知」的異能。面對這樣的威脅，在收集情報的階段，內閣情報調查室與警察等相關機關發生不只一兩次衝突，理由可以用一句「方針不同」來說明，不過這是最委婉的說法，實情只是爭奪勢力範圍而已。

未練既是公安，又是內閣情報調查室的人，被夾在兩者之間，只得為了緩和狀況而奔走。不過他已經習慣了。

關於鳥邊野弦一郎的事件，他們做出了「今後繼續保持密集聯絡」這種沒什麼內容的結論。內閣情報調查室和公安從來沒有正常交換情報的例子，不過在這種場合做出妥當的結論，也是在組織中理所當然的做法。

「對了，栂辻，剛剛一直討論嚴肅的話題，接下來就談談稍微輕鬆點的吧。」

未練直立不動，只把臉轉向開口的男子方向，重複對方的問題：「稍微輕鬆點的？」

「不是什麼大不了的事。你的部下……好像叫雙岡珠子吧？她不是覺醒成為超能力者了嗎？恭喜。」

「謝謝。」

小小的會議室陷入瞬間的沉默。理由是疑慮。

他們在懷疑，雙岡珠子這個人是否真的得到了〈能力〉。

「會不會原本就有異能，只是在這次事件中被發現？」「真的如說明般，是『增加碰觸的人重量』的能力嗎？」疑問源源不絕。對於說實話的未練來說，雖然有些意外與遺憾，但這也是沒辦法的。完全相信對方說法的人，不會存在於這一行裡。

事實上，栂辻未練雖然沒有說謊，不過卻有隱藏的情報，那就是戻橋東彌的存在。

這名少年擁有「操縱對自己說謊的人」這樣的異能。應用這項能力，可以「看穿對手的謊言」，在爾虞我詐的世界中，佔有絕對的優勢。未練刻意公開「雙岡珠子覺醒成為異能者」的情報，讓眾人的注意力集中在這項事實，而忽略戻橋東彌的異能這張王牌。

他的意圖目前為止還算成功。隔著液晶螢幕的那些人隸屬於警察機構或情報機關，憑著超乎常人的觀察力察覺到「未練似乎還隱藏著什麼」，卻無法進一步得到真相。

「……總之，既然是椥辻警視的部下，就隨他高興來使喚吧。你認為呢？」

其中一人詢問，提出這個話題的男人便說：

「那當然。我對此沒有異議。在場的人應該也沒有人會反對。我要說的不是這個，而是覺得既然有這個機會，要不要取個別名？」

男人一副「自己打從一開始就完全不懷疑」的態度。

「別名？」

「嗯。可以用的棋子越多越好吧？」

情報就是力量。終極而論，真偽並不重要，只要周圍的人相信「也許是這樣」就行了。

譬如股票，要被認為「發行的公司是優良企業」，才有經濟上的附加價值，股票這項物體本身則沒有任何意義；一旦公司倒閉，就只是紙片而已。就這點而言，正式名稱為日本銀行券的一萬日圓鈔票也一樣。

只要看的人相信「是真的」，該項事實就會具有價值。

聚集在這裡的人，事實上完全不會對雙岡珠子的實力或異能抱持任何期待。他們甚至不在乎有沒有異能。如果是像戻橋東彌那種「可以操縱他人行動」之類的力量，或許就會千方百計想要得手。

對於珠子則非如此。

「特異功能者的別名具有什麼樣的意義，就不用我多說了。」

另一個男人泛起笑容，對未練說「是不是啊，『不定的激流』」。

超能力者的別名象徵他們的異常性，是懷著畏懼被稱呼的。光是擁有別名、光是如此廣為人知卻能存活下來，就足以證明這個人物是非比尋常的超能力者。不用提別人，椥辻未練就是如此。

「不定的激流」這個稱號意味著他的實力與戰果。他是公安警察自豪的「至高無上的暴力」之一，曾和「白色死神」並駕齊驅。

這次的情況則不一樣，命名的目的是讓人以為「既然得到稱號，一定是優秀的超能力者」，和撲克的詐唬（bluff）同義，亦即藉由給予珠子只有少數傑出超能力者具備的要素，希望能夠攪亂敵人。

如果對手聽到別名就嚇得逃之夭夭，那是最好；假設被看穿是唬人，因而送命的也不是什麼大不了的超能力者。這些人說的話當中隱藏著這樣的盤算。

「的確。那麼就容我來為她取名吧。」

未練自己其實也盤算著相同的策略。

他以做出決斷的態度重新戴上無框眼鏡，然後說：

「『焦黑的十字』——這個稱呼如何？在燃燒的正義感驅使之下，讓敵人背負殺人的十字架……應該很適合操縱重量的超能力者吧？」

「不錯。」「這個別名滿好的。」映在液晶螢幕上的嘴巴紛紛表達肯定。這些感想顯得心不在焉。他們需要的只有「『雙岡珠子』是擁有別名的超能力者」這項事實。

畢竟他們對未練的部下一點興趣都沒有。

彷彿象徵這一點般，他們很快地開啟另一個話題。

＋＋

會議結束後，未練打開門，看到熟悉的臉孔迎接他。

原本坐在長椅上的這個人站起來，對他說「我等得好累」。

這個男人個子雖矮，但鼻子很挺，長得很英俊。不論從體格或氣質來看，都不像個警察，就算參加錄取測驗，大概也會被身高限制排除。

事實上，他並不是警察。

他是隸屬於公安警察「白色部隊」的超能力者，也是未練的同僚。

「會議開得怎麼樣？」

「沒怎麼樣。在有可能被竊聽的網路或電話會議，不可能出現太重要的情報。」

「哈！也就是說，照例只是浪費時間而已。」

「可以這麼說吧。」未練回應。

兩人並肩走在走廊上。他們雖然有三十公分的身高差異，但奇妙的是並不會給人不搭調的印象，或許是因為兩人是長年的好友吧。

「有什麼事嗎？」

「沒什麼特別的事，只是來收集情報而已。『C檔案』那方面進行得怎麼樣了？」

矮小的男人以閒聊般的輕鬆口吻詢問最高機密。未練並沒有指責他的輕薄，而是回應：「也沒怎麼樣。」

在這個職位待久了，自然就會理解到，越是想要隱藏的事，越要稀鬆平常地順著話鋒提出來。這樣反而比在會議室或高官辦公桌前談論更安全。

一般人會以為如果是重要話題，一定會在符合重要性的場所談；這個做法則是反其道而行。

「那份檔案原本是伯樂善二郎持有的。分成三份的不知道是伯樂翁還是阿巴頓，總之理由應該是為了保密。他們把三個片段分別藏在不同的地點。」

「為了藏起來而放在遠方嗎？」

越是重要的東西，就要越遠離自己。必須壓抑想要放在身邊的衝動，彷彿毫無價值般假裝棄之不顧。

這也和先前的手法相同，屬於利用一般人常識的障眼法。

未練邊上樓梯邊說：

「其中一份藏在基石裡。因為性質的關係，在建築被破壞之前，絕對不可能被打開，可以說是很好的隱藏地點。」

「剩下的兩份呢？」

「過去一直找不到，不可能會那麼剛好就出現……我本來想這麼說，不過沒想到真的剛好找到了。」

彷彿是被戻橋東彌找到的C檔案片段吸引一般。這樣的說法或許會讓人覺得是命運安排，不過沒什麼好奇怪的。之所以會剛好在現在這個時期找到，有其必然原因。

「C檔案」被認為是「具備特異功能者素質的兒童名單」。這個「素質」是什麼？……那就是雙親的某一方擁有異能。戻橋東彌推測檔案的實際內容，就是「雙親當中的某一人是超能力者的兒童姓名與所在地」。雖然不知道是否正確，不過至少和公安收集的情報沒有矛盾。

阿巴頓掌握的有可能覺醒為超能力者的兒童資料，就是「C檔案」。

由於能力是持有者心境的具體化，因此雖然千差萬別，但具有明確的共同點，譬如「會有代價與報酬」、「長期在超能力者身邊的人容易成為超能力者」等等。

其中一個共同點，就是「能力覺醒容易發生在十幾歲前半段到二十多歲前半段的年齡」。這是意念、願望、祈禱的結果，由信念與理想、或是心靈創傷與心結形成。這就是特異功能。因為這樣的特性，能力往往在最善感的青春期覺醒。

既然如此，製作檔案之後經過一段時間的現在，才能看出其意義。此時名單中的幼童已經成長為二十歲左右，剛好可以確認「是否真的成為超能力者」。

除了伯樂善二郎以外，不知有多少人知道檔案內容，不過從片斷的情報，不難推測出「十年、二十年後也許會增加價值」。即使有人憑臆測行動也不足為奇。

也因此，這一兩年開始出現有關C檔案的傳言，並且發生過幾次騷動。其中有幾件據說與假冒CIRO－S的阿巴頓幹部佐井征一、以及佛沃雷首領威廉．布拉克有關。

「說了這麼多，其實就是因為現在開始產生價值，才會發生交涉或騷動，並且得到相關情報吧？就像投資家爭相購買傳聞最近會上漲的股票一樣。」

「應該就是這樣。」

結果最後兩個片段也找到了。

其中之一由極右組織「帝國會議」持有，後來由「赤羽黨」在和帝國會議鬥爭的過程中得手，然後又被「佛沃雷」奪去。另一份則在日本最大的投資基金「御幸町PARTNERS」那裡，不過去年被偷走，目前似乎在黑市當中。

剩下的就是CIRO－S入手的那一份。

這一來，被一分為三的C檔案所在地都變得明朗。

「帝國會議和御幸町 PARTNERS……？不知道是什麼樣的關係。」

「前者是伯樂善二郎本人曾經隸屬的組織。姑且不論經濟方面的思想，基本上他是個徹頭徹尾的保守派，所以也許是想要託付給志同道合的對象吧。」

「後者呢？」

「御幸町PARTNERS的社長是伯樂善二郎的孩子。」

「原來是友情和血緣。老實說我一點興趣都沒有，不過我知道了。」

明明是自己要問的，竟然擺出這樣的態度——不過未練並沒有指責。因為他總是這樣。

相對於椥辻未練主要負責掌握戰況、削弱對手戰力，他身旁的這名矮個子男人雖然同為幹部，卻和「白色死神」一樣，屬於戰鬥能力優異的類型。不論在C檔案捲起的騷動中發生什麼事，即使該資料被惡意使用而發生大規模混亂，這個男人要做的事仍舊不會改變。他只需負責殺死敵人。

就這個層面來看，先前的對話是真正的「閒聊」，只是為接下來的話題做開場白而已。

「對了，未練。」

「什麼事？」

「聽說你的部下在調查檔案的過程中死掉了……不要緊嗎？」

回答是沉默。

氣氛變得僵硬而緊繃。對話出現空白，就好像彼此不知道該說什麼一般，難以想像兩人有長年的交情。

當他們來到地面樓層，來來往往的人開始增加時，未練才總算開口。

「沒什麼要不要緊。這個工作就是這樣，有時也會有夥伴死亡。」

他以稀鬆平常的口吻這麼說，態度中沒有絲毫動搖。

從外表看不出他的感情。

這是最可怕的地方。

「不過沒想到你竟然會在意別人的部下，還真是難得。」

「別誤會。我在意的不是你的部下，而是你。」

「雖然很像傲嬌的台詞，不過其實純粹只是體貼。」

「別嘲笑我。」男人不耐地揮手。

「『白色死神』大人也在擔心你。不過以那傢伙的個性，大概已經忘記了吧。」

「我的同事真是體貼。」

「體貼的是你吧？不要太在意，包括死掉的部下……還有殺死他的『綠眼怪物』。如果太過執著，有可能會被趁虛而入。」

「謝謝。好了，很抱歉，我要去見一下稻荷警察廳次長再回去。」

未練說完，就前往警察廳的方向。男人也沒有進一步說什麼，只說「下次見」。

男人不知道椥辻未練在想什麼。他很擅長隱藏想法或心情。即使身為他的同事與朋友，也不知道他究竟在想什麼。

不過他不可能不在意。

「未練，如果真的不要緊，就沒必要裝得那麼平靜了。」

隱藏和「擁有不想被知道的祕密」同義。

有時候，沉默有可能是最雄辯的答案。

＋＋

戻橋東彌與雙岡珠子在九月初被召喚。

R大學的事件暫且告一段落之後，他們又完成了幾項任務。鳥邊野弦一郎依舊行蹤不明。正當他們以為會在煩悶的心情中迎接夏天的結束，就接到未練的召集。

地點和平常一樣，在大阪第二法務聯合辦公廳舍七樓，內閣情報調查室的關西辦事處。

這裡有近畿管區警察局入駐，步行幾分鐘的距離則有大阪府警本部，因此大樓周邊處處可見看似警察相關人士的人。這裡雖然是大阪忙碌的精華地段，但聯合辦公廳舍附近的匆忙程度卻和一般情況不同。說得直接一點，就是很不安寧。

在這裡聽不到當地棒球隊的成績、或是完全沒有好轉跡象的景氣等大阪周邊的必談話題。豎起耳朵，就會發現聽到的都是黑道幫派動向、治安惡化、伴隨著外國觀光客增加的海外犯罪組織違法行為……等等不安穩的話題。

人口一集中，犯罪也會跟著增加。都會的人群與冷漠，非常有利於隱藏惡意。

然而搭乘電梯到了七樓，籠罩著整個樓層的卻是截然不同的靜寂。先前的喧囂不知跑到哪去了，周圍也沒有人，只能偶爾聽見警笛聲傳來，彷彿是大都會殘留的痕跡。

「我希望你們去搭船。」

這裡是在七樓當中特別安靜的外部監察官辦公室。

在堪稱路上孤島的這個場所，未練開口就這麼說。

「搭船……？」

珠子有些不知所措地反問。

「沒錯，搭船。你們不想搭也沒關係。」

珠子想要姑且先聽聽談話內容，因此站在辦公桌前方，但是東彌卻一屁股坐在沙發上，似乎要表明自己沒義務直立聽講。

「監察官先生的命令總是這麼突然，一下子就跑到結論。之前不是也像這樣嗎？你是故意的嗎？」

「有一半可以說是故意的。我不希望在詳細說明原委之後才被拒絕。」

「栂辻監察官，你雖然這麼說，可是既然是工作，應該沒有拒絕不拒絕的問題吧？」

「那麼如果我拜託你們去殺人，你們也會聽命嗎？」

「這……」

「在我看來，你們應該不是那種以接受命令為免罪符、停止自己思考的人。基本上，我超級討厭那種人，所以也不會收來當部下。」

我說的就是這個意思——他接著這麼說，作為結束閒聊的訊號。

未練開始述說這次「拜託」他們的原委。

「你們兩個有沒有坐過郵輪？就是像豪華客船那種。」

珠子說：「我沒有坐過。」

東彌說：「我也沒有。」

「最近國外旅行的主流是搭飛機，所以你們大概不是很熟悉，不過船旅滿受歡迎的。從羽田和橫濱出發的班次也有很多。」

提到搭船出國旅行，或許有很多人會聯想到綜藝節目獎品的環遊世界之旅，不過也有很多前往關島、韓國等近處的路線。

從香港沿著大陸往南的亞洲巡航船旅在周邊國家也很受歡迎。此外，在歐洲有從英國南安普敦出發、抵達德國漢堡之類的船班，也有觀光客會作為歐洲旅行的一環搭乘。

或許很多人會以為這年頭要搭船一定很貴，不過金額遠比宅在家裡的人想像的更便宜。

「不過事實上，低廉的價格是有內情的。」

「什麼內情？」

「像這類郵輪往往會設置賭場。很多人在旅行的時候會玩得過頭而賭輸，所以可以收支平衡。」

在有莊家的賭博當中，最大前提就是賭場最終能夠賺錢。這是理所當然的。如果經營賭場的一方一直輸，這家店本身就無法繼續經營下去。

不論是寥落商店街的柏青哥店、或是拉斯維加斯的大型賭場都一樣。在一個晚上賭贏的人有很多，可是整體而言能夠贏多輸少的，只有極少數人。以「店家」對「所有顧客」的結構來看，持續贏的是前者。

此外，就如柏青哥的「非典型打法」，勝率很高的技術往往遭到禁止，一旦被店家發現，就會立刻被拒絕來店。這點大致上也和賭場一樣。

光是拒絕來店還算是寬容的懲罰，在地下賭場甚至有可能遭到報復。

「沒有永遠贏的賭徒」這句話說得很好。理由雖然是因為賭博有很大的成分是運氣，不過也有部分理由是因為「要是一直贏下去，就會被店家暴力驅逐」。這是黑社會的常識。

東彌說：

「據說在美國曾經有一群腦筋很好的大學生，依靠算牌大賺一筆。我在電影上看過。」

「既然是電影，應該是虛構的吧？」

珠子提出理所當然的疑問。

「這是實際發生過的事件。」未練補充說明。「言歸正傳，這個技術在日本沒辦法使用。日本雖然有柏青哥、賽馬、競艇等等，但原則上是禁止賭博的。我記得好像是刑法一百八十五條和一百八十六條吧。」

即使是屬於賭博合法的國籍的船、或是前往那些國家的郵輪，只要仍在日本領海內，賭博就屬於違法，會遭到檢舉。

然而——

「就像其他地下賭場，也有組織在做這種事。」

有從日本出發、經由香港到達新加坡的郵輪，表面上是新加坡旅行社經營的最高級豪華客船，但實際情況卻不是這麼回事。

這艘郵輪是日本黑道「比叡組」、香港黑社會「泰山」、還有新加坡黑手黨「Sheol」合作、以規避各國法規的形式共同經營的。

「到這裡只是表面上的資訊。」

「都已經講到犯罪組織了，還只是表面上……」

「畢竟他們雖然做了很多違法的事，但是也繳了很多稅金，促進經濟活化。對於這樣的組織，國家也會比較縱容。華語圈的黑社會就是日本的暴力團，不過就連政府都曾經發

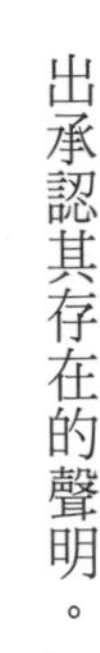

出承認其存在的聲明。」

在社會大眾沒有質疑的階段不去追究，讓黑道藉由各種方式貢獻國家，等到發生重大事件、或是因為某個契機成為眾矢之的，就公布手中掌握的祕密，當作自己的功勞。國家與黑社會勢力既是敵對關係，也容易產生親密關係。

擁有各方面人脈的栁辻未練既然這麼說，那就應該是真的。或許其中還有他認識的人或朋友。

「如果說犯罪組織共同營運賭船是『表面』，那麼『內情』是什麼？我開始聽得不耐煩了。」

東彌托著臉頰這麼說，未練便說了聲「抱歉」，然後繼續說：

「『內情』就是，這艘船是黑社會的交涉場所。三個組織參與營運，勢力均衡，因此很容易進行交易。如果是在某一方的主場，就算進行交涉，也可能被暴力推翻；不過如果有多個組織參與，即使要暴力推翻，也得經由所有相關人士接受才行。就結果而論，比較容易進行公平的交易。因為在海面上，所以也幾乎不會有某方勢力來增援的情況發生。」

「可是『交易』的是非法物品吧？」

「的確。像是毒品或槍炮……有時還有人類。」

未練平淡地說出驚人的事實，然而接下來的話卻更加令人錯愕：

「這次聽說C檔案的剩餘兩份會出現在船上進行拍賣，所以我希望你們潛入這艘船，協助阻止這項交易。」

＋＋

從日本出發、經由香港、前往新加坡的豪華客船——在這艘賭船上進行的，是決定阿巴頓最高機密C檔案落入哪一個組織的金錢遊戲。

檔案被分割為三份，必須收集齊全，才能檢視內容。不過如果得到其中兩份，就等於聽牌了。

戻橋東彌拿到的片段由CIRO－S本部保管。這也意味著「雖然聽牌，但不可能胡牌」。話說回來，也不能打心底感到安心。

「想要得到剩餘資料的理由有兩個。第一，『CIRO－S持有的資料如果被偷走，就會被收齊』。」

C檔案是阿巴頓集團的最高機密，內容是具備超能力者素質的兒童名單。在內閣情報調查室特務搜查部門，當然也被列為最高機密。

然而不論如何巧妙地隱藏，還是有可能會洩漏。如果國家與政權企圖隱藏就能保密，就不會發生著名的水門事件，總統也不會被迫辭職。

「第二，關於檔案的處理方式還沒有決定。內閣情報調查室、公安、自衛隊的意見不一致……不，甚至在各組織當中也沒有達成一致的意見。」

有沒有想過這種情況？

C檔案分為三份。如果沒有集滿這三個片段，就永遠無法完成，而CIRO－S已經取得其中一份。

那麼——「只要把手中這一份破壞到永遠無法修復，不就可以避免最糟糕的情況？」

這一來因為無法得到名單內容，因此也無法搶先對手，進行分析檔案、監視名單中的兒童……等等工作。

另一方面，犯罪組織取得名單用在邪惡用途的可能性也會變成零。

要是阿巴頓擁有資料正本，那麼就會徹底處於落後狀態；但即使如此，應該也能判斷「至少情況不會惡化」而做出破壞的決定。

可是為什麼沒有這麼做？

「因為有人想要利用這份檔案。」

沒錯，在CIRO－S與白色部隊等超能力者處理機關中，有人想要利用這份名單。他們的目的是要把兒童納入組織，或是作為與黑社會勢力交涉的棋子，甚至為了個人的野心？

這些想像得到的可能性大概都是正解。冀求得到這份資料的人就是有這麼多。也因此，「破壞資料避免情況惡化」的提案沒有通過。

「組織當中出現背叛者、陷入最糟情況的可能性也存在。為了避免那樣的情況，我希望能夠取得剩餘的兩份。」

往來於公安與內閣情報調查室之間的男人如此宣告，作為結論。

雙岡珠子依舊無法掌握狀況，望向東彌。

戻橋東彌瞇起蘊含獨特光芒的眼睛，不知在想什麼，接著做出決定開口。

「……監察官先生，你說話的口吻彷彿覺得自己是『正義使者』一樣。」

「我平日以來就在努力，希望能夠成為那樣的人物。」

「那麼你能夠斷言嗎？」

東彌站起來，走向辦公桌，直視未練的臉。

的男人。

他以輕佻、開朗、卻又空虛而瘋狂的心智，像是要威嚇眼前這名看不出心裡在想什麼

「你能斷言自己不會把C檔案用在邪惡用途嗎？」

這是質疑，也是測試。

不容許謊言的少年及其異能，在測試男人的正義。

栁辻未練剛剛說，「為了避免最糟情況，我希望能夠取得剩餘的兩份」；乍聽之下言之有理，然而他完全沒有解釋什麼是「最糟糕的情況」，也沒有說明得到之後要怎麼處理。這樣的說法曖昧不明，有各種解釋方式。

他沒有說謊。

正是因為沒有說謊，才會覺得他似乎試圖要欺騙、隱瞞。

「原來如此。你之所以用好像在懷疑的眼神看我，原來是因為這個理由。」

「不是好像在懷疑，而是確實在懷疑。」

「的確。那麼我就說清楚吧。」

未練垂下視線，但仍斷言：

「我的目的是永遠葬送C檔案。所以我必須比任何人都更早得到剩餘的兩份。只要破

壞那些片段，ＣＩＲＯ－Ｓ本部剩下的一份也會變成無用的廢物，沒有任何人能夠用在邪惡用途。」

「……你保證？」

「如果你們在船上的騷動中破壞那些檔案，那也很好。對我來說，有沒有帶回來都可以。」

他沒有說謊。

沒有一絲虛假。

「假設阿巴頓集團持有正本，公安和ＣＩＲＯ－Ｓ都會處於落後狀態，沒關係嗎？」

「那會很麻煩。不過戻橋，你應該也明白吧？」

「我大概可以猜到，不過還是希望你可以清楚說出來。因為這就是我的能力。如果你不能說，那我就會認定是『那麼回事』。」

也就是說，「雖然沒有說謊，但是有內情」。

基本上，「邪惡用途」指的究竟是什麼？

正義總是相對的。那麼未練心目中的正義很有可能在他人眼中是邪惡，反之亦然。東彌在理解這樣的前提之下提出疑問，想要知道他的話中是否有虛假。

不久之後，未練回應：

「相較於以利益為目的的黑社會勢力、或是希望國家本身崩壞的無政府主義，以『實現真正的共產主義』為理想的阿巴頓還比較有交涉的空間。而且我在阿巴頓集團也有認識的人。更重要的是——」

他停頓一下，繼續說：

「……更重要的是，即使是為了大義或國民，也不能讓國家利用兒童吧？」

栁辻未練低著頭，有些靦腆地這麼說。

他在黑暗世界生活了十年以上，也曾經因為相信是「正義」而殺人，而且不只一次。

他在很久以前就捨棄「不殺人」的道德。憑這種天真的想法，根本守護不了重要的東西。

他甚至不會對自己的行為感到羞愧。殺了人之後產生罪惡感，反而對奪走的生命不敬。

另一方面，他也無法完全變得絕情。他沒辦法斷言「為了目的可以不擇手段」。

即使理解這樣做比較有效率，即使被責難為「小天真的戲言」，他仍有不願退讓的底線。即使會算計或妥協，他也絕對不能背叛自己。

因為這樣就等於放棄「做『自己』」。

「栁辻監察官……」

光是聽到這句話，珠子就想要相信未練。

她看了看旁邊。

「……監察官先生。」

「什麼事？」

東彌在笑。

不是挑戰死亡線時瘋狂的笑容，而是符合他這個年紀的可愛微笑。

「監察官先生，你真是個好人。」

「這不是讚賞吧。」

「平常不是，不過我今天是在稱讚你。」

「……等等，這麼說，你對我說這句話的時候是在罵我嗎？」珠子問他。

已經沒有煩惱的必要了。

就這樣，兩人決定聽從未練的「拜託」。

++

夜晚的碼頭。

不知為了什麼樣的理由，一名少女坐在繫船柱上。

她的髮型是非對稱的瀏海，只有後頭部的頭髮綁成很長的一條辮子。她的臉孔雖然端莊秀麗，但是其美貌宛若令人聯想到霧之國（Niflheimr）的北歐大地，帶著些許可怕的氣氛。

話說回來，這也是理所當然的。

因為她是隸屬於魔眼犯罪集團「佛沃雷」的死神。

「……是的。這樣啊？我知道了。戻橋東彌會上船吧？」

她聽了智慧型手機傳來的情報點頭，同時目視檢查手中的自動手槍「斯泰爾S9－A1」。從她熟練的動作，就可以看出她身經百戰。

也看得出她殺人無數。

「好的。我知道了。謝謝你——椥辻未練。」

結束通話之後，一陣風吹過，原本被長瀏海遮住的眼睛露出來。左右兩眼擁有異色的眼珠，其中只有左眼是綠色。接著彷彿在呼應般，右眼也轉變為綠色。

少女的眼珠是宛若精靈翅膀般美麗的翠綠色。

17:00出發，前往新加坡

天空灑下的雨滴，是受傷的心靈滴落的水珠。淚水不久之後成為波浪。在月光照射之下，船搖搖晃晃地航行大海。

雙岡珠子認為C檔案引起的騷動有一部分要歸因於自己。

雖然說是被騙，但是她確實曾經協助過阿巴頓集團的幹部，佐井征一。為了贖罪，她認為自己必須處理檔案相關的事件。不，應該說她想要這麼做。

也因此，這次的任務（用椥辻未練的說法來說是「拜託」）既然和C檔案有關，她就幾乎沒有拒絕的理由。

必須掛慮的事項，就是她還無法完全相信姑且算是上司的未練，還有就是無法判斷搭檔戻橋東彌的動向。

在鳥邊野弦一郎的事件中，未練雖然沒有說謊，卻刻意隱藏情報。對於無法容忍謊言的東彌來說，光是這一點就足以構成拒絕協助的理由。然而另一方面，如果這起事件會發展為必須賭上性命的賭博，他一定二話不說就會答應。

東彌爽快地決定參加，對珠子來說也是值得高興的失算。

不過這個失算也有一個絲毫不可喜、又出乎意料的發展。

三個犯罪組織共同營運的郵輪「Sheol Royal Blue」只剩兩天就要出航了。

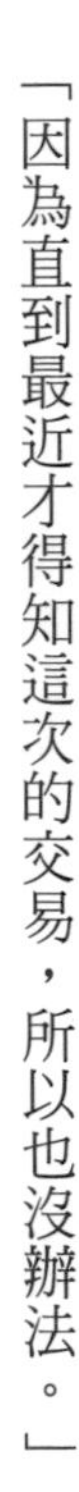

「因為直到最近才得知這次的交易，所以也沒辦法。」

未練如此辯解。

即使如此，仍舊太倉促了。這是珠子老實的感想。

然而未練說，不需要太多準備。

「除了我們兩個之外，還有其他CIRO－S的調查員潛入船內。偷取或搶奪檔案之類的主要行動由那些人處理，到香港之前沒有解決的話，『白色死神』就會和公安的人一起上船……他是這麼說的吧？」東彌問。

「也就是說……」

「我們只是佯攻。」

坐在汽車前座的東彌問過一聲之後，把手伸進口香糖罐裡。

戻橋東彌和雙岡珠子打倒了威廉．布拉克，也識破鳥邊野弦一郎的計謀。現在佛沃雷最警戒的，應該就是這兩人。即使他們小覷兩人為「只是新手好運連續發生的新兵」，應該也會稍微加以留意。

CIRO－S的情報員和公安的「白色死神」就是要利用這樣的空隙。前者透過潛入的形式，後者則採用暴力的絕對力量。這就是這次的計畫。

東彌和珠子只要坐在船上就行了。

不，終極而論，只要讓對手得到「兩人上了船」的情報就行了。

珠子駕駛著銀色CROWN汽車，對他說：

「擬定重重策略並執行——這部分跟你滿像的。監察官本人雖然說，『指揮和負責人不是我』……」

「可是他沒有說『擬定戰術的不是我』。大概是採用其他大人物的方案、給對方面子，然後利用這個方案來發揮。」

他大概是將公安與內閣情報調查室溝通橋樑的身分利用到最大限度，依照自己的想法來策劃吧。

「也許還有一、兩個內幕吧。」東彌說。他雖然是個能夠輕易賭上性命的瘋狂賭徒，另一方面卻具備伶俐的頭腦，能夠抑制這樣的衝動，並隨時做出讓對手意料不到的事。即使對方是橫跨公安與內閣情報調查室的菁英，在預測對手行動方面，東彌還是略勝一籌。

他的直覺和預測告訴他，其中還有別的內幕。

「如果是硬幣，正面的相反就是反面，可是人類沒有那麼單純。『不是正面』只代表『不是正面』，並不等於『反面』。」

「咦……？這不是同義反覆嗎？可以請你用更容易懂的方式說明嗎？」

「比方說，有人說她『最討厭』我，即使是謊言，也不代表『最喜歡』的意思。」

聽到東彌帶著惡作劇的笑容揶揄她，珠子便用反手拳輕輕敲他的額頭作為回應。

東彌雖然像是在開玩笑，但是他說的內容是真理。

這世界並不像硬幣那麼單純。正面的相反不一定是反面，而且基本上，也有無法明確劃分正反的情況。或許正是因為了解這樣的模糊性，東彌才會喜歡賭博這種可以一分勝負的遊戲。

「不過我們接下來要見的人，就像是模糊與複雜的化身吧。」

東彌摸著被打的部位，又愉快地笑了。

＋＋

穿著住院服裝的睡美人聽了談話內容，眼中閃爍著光芒說：「真羨慕你們。」

……這是出乎意料的反應。

珠子不禁感到不知所措。她原本以為彷彿看透一切的真由美應該會露出嘲諷的笑容，說出危險的評語，沒想到她的預期卻完全被顛覆了。

「我因為長久以來處於這樣的狀態，所以很憧憬海外旅行。雖然也不是不能去，可是中途一定會睡著。」

「啊，說得也是……」

五辻真由美朝著珠子笑了笑，彷彿再說「妳應該能體會我的心情吧？」

珠子直到幾年前也在住院，因此能夠痛切了解聽到旅行就感到羨慕的心情。

「可是這次不是單純去海外旅行，而是工作。」

「工作在一天之內完成，就是單純的旅行了。」

真由美理所當然地回答，讓珠子先前感受到的同理心瞬間消散。她還是無法理解這名少女。

出航前的兩天當中要做什麼？在這過於短暫的準備期間當中，東彌首先提議要做的，就是「去找真由美」。

坐在珠子身旁的少年在前往死地之前，幾乎一定會撥出時間來見五辻真由美，彷彿是要準備好面對死亡般，或是對生命感到留戀。珠子覺得這樣的行動展現他內心仍舊保有的人情味，因此頗有好感。

而她也對眼前的少女如此受到仰慕感到羨慕。

「為了成為單純的旅行，希望可以借助真由美的智慧。」

東彌如此請求，但她卻只是含混不清地說「這個嘛……」，接著又說：

「我不覺得我能幫上多少忙，不過椥辻未練所說的內容和我得到的消息沒有矛盾。我也聽到傳聞，說有這樣的一艘賭船，而且近期內會有重大的交易。」

「妳知道？」珠子問。

真由美點頭，笑著說：

「我的朋友都很喜歡聊八卦。這艘船是三家公司共同經營，不過實際航行的是新加坡的黑手黨 Sheol。這個組織的老大名叫賈斯汀·『幸運』·班乃迪克特，綽號是『新加坡賭王』。『幸運』這個部分，據說是取自著名的『幸運·盧西安諾』。」

她雖然這麼說，珠子也因為孤陋寡聞而不知道誰是「著名的『幸運·盧西安諾』」。

「據說他年輕時在鬥爭中受到瀕死的重傷，卻能夠生還，因此得到這樣的稱呼。」

「光是受到瀕死的重傷這一點，就已經距離幸運很遠了吧……」

「可是正宗的幸運·盧西安諾也是因為在遭到拷問之後被丟在路邊卻得救，才得到這樣的綽號，所以對於黑手黨來說，應該算是運氣好吧？」

所以說，那個「幸運．盧西安諾」到底是誰？——這句話珠子勉強沒有說出口。時間不多，現在不是岔開話題的時候。

「賈斯汀．班乃迪克特是美國人，原本是美國黑手黨——正確地說是『芝加哥黑手黨』的幹部。當組織進入新加坡時，他被指定為管理者，現在則擔任新加坡黑手黨最高幹部。」

「那個，關於這個人的話題，可以下次再……」

「他也是位於新加坡聖淘沙島的大型賭場經理，是東南亞全區黑社會的代表人。」

「……妳是故意的嗎？」

「他和以歐洲為據點的犯罪集團佛沃雷交情似乎也很深。」

「咦？」

「啊，真抱歉。我偏題太多了，回到先前的話題吧。」

「等等！請不要回到先前的話題！這根本沒有偏題！」

珠子感到焦急。相對地，真由美則顯得很滿意：「開她的玩笑真有趣。」

「沒錯吧？」東彌表達同意。珠子瞪了他一眼。

「我聽說班乃迪克特在佛沃雷有認識的人，或許也成為促成交易的背景吧。」

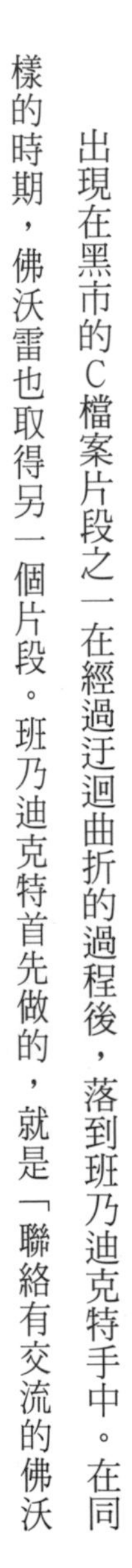

出現在黑市的C檔案片段之一在經過迂迴曲折的過程後，落到班乃迪克特手中。在同樣的時期，佛沃雷也取得另一個片段。班乃迪克特首先做的，就是「聯絡有交流的佛沃雷，提供交易檔案片段的場地」。

也就是說，他打算要處理掉自己不小心持有的檔案片段。

「他不會想要自己來收集利用嗎？」

「班乃迪克特是熱愛賭博的危險男人，但是另一方面，他是組織的管理者，也是包含賭場的多家企業負責人，因此不想要冒不必要的風險。」

對他而言，C檔案的片段只有百害而無一利。

畢竟他的事業已經夠成功了。

如果能夠解讀檔案，組織的確會得到飛躍性的成長，然而付出的代價就是成為各方勢力攻擊的目標，包括原本持有的阿巴頓集團、內閣情報調查室與公安等各國諜報機關、以及企圖利用名單的佛沃雷等犯罪集團。他以賭王的身分合法紮根於新加坡社會，在日本的影響力也確實在增加，沒有必要冒風險和檔案扯上關係。

然而即便如此，也不能丟到垃圾場。如果輕易處理掉，也會引起其他勢力的反感。為了「儘快用任何人都能接受的方式脫手片段」，採取的手段就是設置場地把它賣掉。

整合未練告訴他們的內容和真由美的情報，就能看出這樣的輪廓。

「佛沃雷應該會參加這場交易，而且會攜帶自己持有的片段。如果阿巴頓的人來了之後，用高價一併購入這兩個片段，那也很好；如果最終自己得手，那也很好。」

東彌繼續說。

「監察官先生的計畫之一，大概是『讓公安或內閣情報調查室的人潛入交易現場，競標成功』。」

「也就是說，要用錢來解決？」

「嗯。不過這樣也有問題。如果身分曝光，就會被索取高到不合理的價格。」

「如果被發現身分，應該會遭到暴力驅逐吧？」

「應該不會。」

不論是公安或內閣情報調查室，背後都是日本這個國家，只要有意，可以動用天文數字的金額。賣給其他組織得到的利益絕對無法與之相比。

賣方想必會試圖得到情報機關和警察機構能夠動用的數字極限。

「所以說，他應該會暗中安排，但是並不是真的想要執行。」

「原來如此……」

「不過國家層級的事，我們去想也沒用。先來想想該想的事情吧。像是『綠眼怪物』那傢伙。」

佛沃雷的代表據說是被稱作「綠眼怪物」的對手。

容貌、來歷、一切不明，就連有沒有超能力也不知道。

在沒有任何情報的情況下，只知道對方的眼珠是綠色的。

珠子說：「真奇怪……如果是像那個副教授一樣，連存在本身都不被認知，那還可以理解，可是現在卻只知道『眼睛是綠色』的情報。」

「是嗎？我可不這麼認為。」

「咦？」

栫辻未練什麼都沒有說。

然而戻橋東彌卻看穿一切。

就如鳥邊野弦一郎的事件，有時候沒有情報就是最佳的情報。

如果無法理解，不如反過來思考：在什麼樣的情況，會只知道敵人眼珠的顏色？

答案很簡單。

「想要通知敵人長相的人，只說了眼睛顏色就被殺了」——

也因此，才會不知道對方是男是女、頭髮是長是短、是白人還是有色人種，無法鎖定個人的基本資料。這是因為報告者在對話中被殺害，因而只有片斷的情報。

……被殺害的大概是監察官的同僚或部下。

東彌雖然沒有說出口，但心中如此推理。不，應該說是察覺到這一點。他從椥辻未練這個男人的一舉一動，看穿其心情和平常不一樣。他之所以沒有說出來，是因為警戒到這個話題可能是未練的地雷，另外也不想讓珠子產生不必要的動搖。

不過也有他還無法做出結論的事項。

東彌已經知道，佛沃雷成員當中有一名綠眼珠的少女。她就是自稱「諾蕾姆．布拉克」的死神。

……她就是「綠眼怪物」嗎……

宛若妖魅般的美貌、特殊的髮型、難以想像是殺人者的稚氣、以及獨特的氣氛——那名少女雖然有眾多特徵，不過的確擁有綠色眼珠。見到她的人如果一開始就報告眼珠顏色也不奇怪。

「真由美，妳聽到『綠眼怪物』，有沒有想到什麼？」

東彌認為現在進行判斷為時尚早，因此詢問青梅竹馬的少女。

真由美回答「沒聽過」，不過還是繼續說：

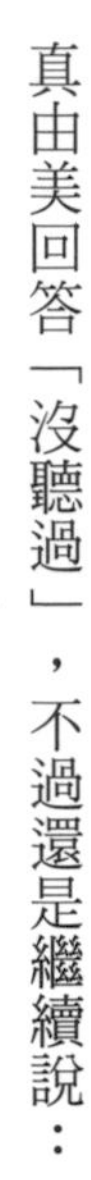

「我不知道有沒有關係，不過說到綠眼怪物（The green-eyed monster），在英語圈當中是『嫉妒』、『妒忌的眼神』的意思。」

接著她背誦這樣的詩句：

——「Beware, my lord, of jealousy.」

——「It is the green-eyed monster which doth mock.」

——「The meat it feeds on.」

這是莎士比亞的戲劇《奧賽羅》當中的一幕。

說話者把嫉妒比喻為綠眼怪物，提出警告。

「Green-eyed monster 啊……」

「如果你有隱瞞什麼，最好說出來。我的嫉妒心也很重喔。」

她露出妖豔的笑容，東彌也只能回以笑容。

✢✢

客船「Sheol Royal Blue」在下午五點從神戶港出航。

因為是最高級的客船，安全檢查相當嚴格，無法攜入武器。兩人必須把CIRO－S的證件和防身用具都留下來。他們另外領到潛入用的新手機、以及適合在客船上穿著的正式服裝。

他們也沒有機會和堪稱主力部隊、另外潛入的未練的部下見面。雙方沒有彼此聯繫合作的必要。更重要的是，一旦知道「誰是自己人」，視線有可能自然而然朝向對方。即使是如此細微的動作，厲害的人看到了就足以查知內情。

「我想先確認一下，監察官先生的部下當中應該不會出現背叛者，或者摻入佛沃雷的人吧？」

「我會設法不讓那種事發生。」

「一言為定囉？」

領取船票時的這段對話，就是他們與未練最後的對話。

「祝你們旅途愉快。」未練邊說邊揮手，但是珠子被他如此輕鬆地送行，內心也只有困惑。未練該不會和真由美一樣，覺得「只要工作早點結束，就是單純的海外旅行了」吧？

感到緊張的自己反而比較奇怪嗎？不不不，不可能有這種事——珠子如此告訴自己，把車停在停車場，到便利商店購買食物。船上雖然設有餐廳，不過很難保證會發生什麼事。

更重要的是，她肚子餓了。

「小珠，妳最近的食量好像比以前更大了。」

「……請你不要這樣稱呼我。」

她邊咬三明治邊拉行李箱。很遺憾，東彌說的是實話。

這一定就是能力的代價。當她告訴東彌自己得到「接觸對手就能使對方體重增加」的能力，東彌便這麼說。如果這個能力源自於她想要背負心臟捐贈者生命的決心，那麼食欲異常亢進的症狀或許意味著「要連捐贈者的份一起吃才行」。

可附加的重量和珠子的體重大致相同，大約是五十公斤。條件是接觸對手。

「這一來，就可以理解分部長以前說過的話了。他曾經說過，光是躲過行李檢查的能力也非常可怕。如果想到只有自己擁有武器，心情應該會稍微輕鬆點吧。靠妳了，『焦黑的十字』。」

「請你不要這樣稱呼我。」

「為什麼？很帥呀。我也好想要一個別名。」

兩人在閒扯當中到達上船地點，由頂級飯店門衛般的工作人員帶領，上了階梯進入船內。

這艘船一言以蔽之，就像是航行在海上的高級大廈。

五萬噸等級的郵輪「Sheol Royal Blue」全長超過兩百公尺，甲板多達九層，光是客房就有三百間以上，另外還有酒吧和游泳池，也有醫療人員常駐，因此可以說是移動的小城鎮也不為過。

船內寬敞到幾乎不像是船，特別壯觀的是形同公開祕密的地下賭場。在進入房間前，他們瞥了一眼賭場，看到格外寬敞而金碧輝煌的空間。

裡面有進行撲克、百家樂等撲克牌遊戲的鮮綠色牌桌、輪盤和吃角子老虎，角落的黑白格紋桌子大概是賭西洋棋用的。這幅景象令人難以想像是在日本境內。違法行為如此光明正大地進行，反倒有種爽快的感覺。

珠子說：「怎麼說呢……看樣子有錢的人還是很有錢的……」

聽到營運這艘郵輪的賈斯汀．班乃迪克特想要脫手C檔案時，珠子感到很驚訝：「怎麼會有黑手黨想要脫手世界頂尖企業的最高機密？」但是看到這幅景象，她總算理解了。

正業經營得如此順利，不需要冒多餘的風險。光是經營賭場，錢就會無限增加。賭場的莊家就是這麼回事。

「接下來……分遣隊不知道順利潛入了沒。」

「乘客這麼多，應該沒問題吧。」

珠子回應坐到床上的東彌。

從上船到進入房間，只有短短幾分鐘。在這段短暫的時間內，他們看到數不清的乘客，有各式各樣的打扮與人種。珠子原本以為這種場合只有紳士淑女姿態的人，但沒想到年輕人也很多，或許是大企業老闆的放蕩兒子吧。

話說回來，珠子和東彌兩人在旁人眼中，或許也像是「拿爸媽的錢享受不符身分的蜜月旅行的年輕夫婦」。

「……話說回來，你為什麼理所當然地在這裡？你的房間是隔壁吧？」

「小珠，妳平常不是都說『不要隨便亂跑』、『待在我身邊』嗎？」

「你還真會耍嘴皮子！竟然隨便闖入女生的私人房間，到底是哪根筋不對勁？不用說了，快去隔壁房間！」

「討厭～」

最後珠子把他拖到門口趕出去，不過不久之後她就發現這個判斷是錯誤的。

當船開始航行，她準備開始收集情報，敲了隔壁房間的門。

沒有回應。

她轉動門把。門上了鎖。

「那傢伙……！」

東彌似乎照例不告而別，不知道跑哪去了。

＋＋

巨大的船舶對於身體虛弱的青年來說等同於迷宮，不過他總算氣喘吁吁地到達主甲板。

少女也在那裡。

他的目的不是到達這裡，而是尋找不知道在哪裡的這名少女，因此一開始只是輕鬆地想著：「難得有這個機會，就到視野良好的地方吧。」不到三十分鐘就見到少女，可以說是純粹僥倖所致。

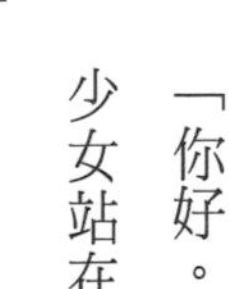

「你好。」

少女站在出航後沒有多少人的甲板上。漂亮的綠眼珠在夕陽照射之下，顯得格外閃耀。

傍晚時分，暮色漸深。

諾蕾姆・布拉克就在那裡。

「之前我問過妳，『是不是住在附近』，不過我今天乾脆問：妳該不會是在跟蹤我吧？」

「不是。」

諾蕾姆的回答很冷淡。

東彌在上船之後前往房間的途中，有一名乘客將一張紙條遞給他。這張紙條是在與他擦身而過時塞入手裡的。

他原本以為是椈辻未練派入的分遣隊，但檢視內容才發現，竟然是眼前的死神寄來的。紙條上只署名並寫了「立刻下船」，讓他想起在大學發生的事件。

當時少女也向他提出過警告。

「難不成妳喜歡我？」

他以揶揄的口吻詢問，得到更冷淡的回答：「一定要說的話，我討厭你。」

「那我就無法了解，妳為什麼要向我提出這樣的忠告。」

「第一，是為了要試探你。」

「試探？」

「是的。你之前曾經對我說過，『重要的是怎麼生活。』」

「我的確說過。」

照你這樣的生活方式，遲早會送命。

對於說這句話的死神，東彌回答：「人只要活著，遲早會死掉。重要的是怎麼生活。」

「『怎麼生活』和怎麼死同義。只要下船，你就不會死。你要死的場所——終點是這裡嗎？」

「我有兩點要反駁。第一，對我來說，『怎麼生活』並不是選擇死亡方式。死亡在自己決定的生活方式的前方，是附隨而來的。在自己決定的道路前進，最後就會遇見死亡。」

「你在騙人。你明明比任何人都想要死。」

東彌沒有做任何回答。

他只是繼續說：

「第二……死神小姐，妳的前提似乎是斷定我會在這艘船上死掉，可是這一點還不確定吧？」

「不，我很確定。你的故事即將在此結束。」

「因為我會被死神小姐殺死嗎？」

這次輪到少女迴避作答。

此刻郵輪已經遠離神戶港，只見岸上逐漸籠罩在夜幕中的都市閃爍著燦爛的燈光，不過這並不是無法游回去的距離。即使游不到岸上，救援隊應該也會很快趕到。現在還有辦法得救。

這是生死關頭。

「生死關頭，日文稱作『瀨戶際』，字面上的解釋是『海門旁邊』。聽說日本人死掉之後會坐船。你要坐上死亡之船，或是回到生者所在的岸上？現在跳到海裡還能得救。」

「『瀨戶際』的意思是『狹窄的海峽』才對。死後搭乘的船是要渡過三途之川，不是要到海上。更重要的是，我不會游泳，跳進去就會淹死，不用等到被殺。」

「受教了。不過這艘船的名稱中『Sheol』這個詞，就是希伯來語的『冥府』、『黃泉』的意思。你處在生死邊緣是事實。坐在這種郵輪上的大概都是壞蛋，所以大家應該都會下地獄吧。」

少女彷彿要競爭般披露知識，東彌也同樣地說「受教了」，然後問：

「先別提這個，妳的第二點是什麼？既然有第一個理由，應該也有第二個理由吧？」

諾蕾姆邊走邊回答：

「是的，第二個理由是為了我的方便。我不希望你在這裡。」

「妳有什麼重要的工作嗎？」

死神再度迴避回答，只是來到東彌面前，從小小的肩背包取出礦泉水。東彌只知道瓶身上以字母寫成的說明不是英文，但是卻無法判別是哪一國的製品。

「給你。」諾蕾姆簡短地說了一句話，然後把寶特瓶遞給他。

「這個送給你，當作我給你的餞別禮。」

「這是什麼？謎語嗎？」

「不是。仿照『那個人』的說法，就是：可以交給他，不過不交給他也沒關係。」

「咦？」

這個交由對方自行判斷的說話方式……

該不會是……

「……死神小姐，妳就是『綠眼怪物』嗎？」

東彌詢問轉身離去的背影。

這次他得到了回答。

「任何人都有可能成為 green-eyed monster（為嫉妒發狂的怪獸）……包括你我在內。」

諾蕾姆進入船艙中。

黃昏宣告結束，夜晚來臨。

漫長的夜晚開始了。

++

在餐廳吃晚餐的時候，珠子停止訓話，是因為她發覺到坐在眼前的少年完全沒有聽進她的發言。

與其說是在發呆，不如說是在專注思考別的事情。蘊含光芒的一雙特別的黑眼珠在閃耀。這種時候的東彌思考著珠子無法想像的事情。

他是在思索計謀，或是試圖看穿計謀？

「……有沒有我可以幫忙的地方？」

珠子放下叉子試探性地問。東彌回以笑容。

「妳剛剛不是還在發脾氣，怎麼突然變了？」

「你是不是有什麼疑慮？」

「小珠，妳真敏銳。」

「我差不多也看得出來了。」

她點了四樣想吃的料理。這次旅行包含護照申辦費在內，所有費用都由未練支出，所以不需在意荷包。

最重要的是，珠子必須付出代價。接近甲狀腺機能亢進症的這項代價，會造成體重減少，據說是因為能源消耗異常亢進而導致的結果。為了避免關鍵時刻因為肚子餓而使不出力氣，平常必須吃很多才行。

她無法保證隨時都能挪出用餐的時間。

「我很感謝妳替我擔心，不過目前我還沒有整理出頭緒，所以還不能說。啊，我可以喝葡萄酒嗎？」

「不行。現在是工作中。而且你應該是未成年吧？」

東彌雖然以慣例的俏皮話蒙混過去，不過珠子明白，「就如自己在擔心他，他也在替我擔心」。

東彌不希望說些多餘的話讓她感到不安、困惑。也因此，他才什麼都不說。珠子現在總算也能理解他的體貼。雖然因為不能在推理與策略方面幫上忙而感到懊惱，不過她也感到高興。

東彌說：「……我不知道。雖然不知道，不過這次或許真的『什麼都不做』才是正解。」

「你是指，就像椥辻監察官說的，重要的是來到這裡？」

「嗯。也許只要裝成旅客就行了。」

「……我知道了。我會遵照你的指示。」

「小珠，妳才是我的上司吧？」

「腦筋是你比較好。還有，不要這樣稱呼我。」

「呵呵。」少年愉快地輕聲笑了。

不論如何，都必須收集情報。只有這點是確定的。

東彌裝成賭場的客人，珠子假裝在船內觀光，趁機觀察周圍。只要混入其他乘客裡，分遣隊或許會暗中接觸他們。

另外要注意，千萬不能做出引人注目的舉動。戻橋東彌、雙岡珠子兩人的容貌已經透過鳥邊野弦一郎，傳遍佛沃雷內部。佛沃雷雖然是沒有規則與罰則的特異組織，但如果因此認定「那位副教授一定沒有告訴夥伴任何情報」，未免太武斷了。應該要假設自己正在受到監視。或許也有像柊那樣想要復仇的人。

也因此，除了不能引人注目之外，也必須迴避敵人容易攻擊的場所。這樣的方針也符合伴攻的任務。只要混入三百名乘客當中，敵人要監視也很困難。光是這樣，敵人就難以「找到這兩人」及「偵查兩人的動向」。

集合時間是三小時後。如果有任何問題、或是有任何發現，就用手機聯絡。

決定之後，兩人便解散。

「對了，小珠，妳還要吃嗎？」

「我又不是自己高興要吃的……雖然很好吃。」

「結論感覺好鬆散。」

「有什麼辦法！」珠子惱怒地回應。東彌留下她，前往賭場。

＋＋

東彌茫然地望著輪盤桌。

時間是八點多。出航時原本人影稀疏，但是過了晚餐時間，客人頓時變多了，此刻熱鬧程度不亞於道地的賭場。目前應該還在進行迎賓派對，不過和鋼琴家的現場演奏比起來，這裡似乎更有人氣。

要等如此異常的熱鬧氣氛冷卻、敗者恢復冷靜，不知要過幾個小時。聚集在這裡的幾乎所有人最終都會輸。其中有不少人會輸掉無法挽回的金額。

「接下來……」

東彌以無酒精雞尾酒潤喉。他有很多事情必須要去思考。

死神少女諾蕾姆先前的口吻讓他感到在意。諾蕾姆是否和栁辻未練有聯繫？如果是這樣的話，上次R大學的事件就有不同的解釋方式了。栁辻未練或許不是「只求解決事件」，而是在幕後敏銳地監視各方面的動作，巧妙地四處遊走——就如東彌指出過的。

即使未練和諾蕾姆有聯繫，也不必然等於「背叛了東彌與珠子」，或是背叛公安與內閣情報調查室。這是因為佛沃雷並不是單純的非法組織。

他們雖然是世界級的犯罪組織，但同時也是放眼歷史也很罕見、毫無規則與道義的集團。在佛沃雷沒有「必須做某件事」、「不能做某件事」之類的規則。他們完全沒有任何共同認知，只是使用佛沃雷這個稱號的魔眼集團。

也因此，即使領導等級的威廉·布拉克被殺，有人想要復仇，也有人秉持事不關己的態度。要不要參加鳥邊野弦一郎的「實驗」是個人自由，要不要拯救陷入危機的一之井貫太郎也是個人自由。

這樣的無法狀態已經遠遠超越自由的程度，幾乎無法維持組織型態。這就是「佛沃雷」。

正因為是這樣的集團，因此即使未練與諾蕾姆之間有聯繫，也不等於「未練依附了佛沃雷」，只能說「兩人有交流」。

此外，和敵對勢力有聯繫，是情報機關慣用的手法。

……以監察官的作風和個性來看，大概是為了收集情報而建立的人脈吧。

東彌姑且做出這樣的結論。雖然也有其他無數可能性，譬如「諾蕾姆是間諜，原本就是未練的夥伴」，或者「她為了某種難以想像的目的在幫忙」等等，不過繼續想下去也沒完沒了，所以這次就先排除在考慮範圍之外。

必須思考的有兩點。

第一，「諾蕾姆．布拉克是不是『綠眼怪物』？」第二，「如果是的話，她為什麼要殺害未練的部下？」

是交涉決裂了嗎？是未練的部下偶然發現諾蕾姆的祕密，因而失和？或者其實沒有特別的理由？……以那位死神少女的作風，即使是熟人的部下，如果是工作應該也會殺死吧。

繼續想下去也得不到答案，那麼這個問題也和先前一樣，暫且擱置好了。

假設他們因為某種理由導致關係惡化，下一個問題就是：「她為什麼要接觸戻橋東彌？」是挑釁、宣戰、或是求和？

試著從反方向來思考。

也就是，「諾蕾姆暗示自己和未練的關係，究竟有何用意？」

……她的目的會不會是希望讓我像這樣想東想西，進而懷疑監察官先生，干擾這次的計畫？

說些意有所指的話，就能讓對方陷入疑神疑鬼的狀態。內容越隨便越好。毫無根據的嫌疑，沒有任何方法能夠澄清。東彌自己也常在賭博時使用這種手段，因此很明白。

假設先前舉的第一點就完全錯誤，亦即「諾蕾姆根本不是『綠眼怪物』」，那麼仍舊會有同樣的問題。

她為什麼要讓東彌聯想到栜辻未練？

「小伙子，你怎麼一個人在這裡？」

東彌聽到過度親暱的聲音，被迫中斷思考。

對他說話的是一名格外引人注目的男子。他留著techno cut（註一）髮型，戴著紫色墨鏡，品味相當獨特。東彌對服裝不熟，完全無法判斷這是最新流行、或者只是沒有品味。

這名男子單手拿著葡萄酒杯，以微醺的口吻繼續說：

「怎麼了？是不是身上的錢都輸光了？要不要我借你一點？」

東彌正想說「不用了」，轉念一想又問：

「請問你可以借我多少錢？」

「喔，你的反應真好。耳朵靠過來一點。」

男子邊說邊搭起東彌的肩膀。

在這個瞬間，聲音流入東彌腦中。

（……你這樣會引起懷疑。要想事情也可以，不過也要稍微假裝在玩。）

原來是接觸型的心電感應。雖然沒有想到是超能力，不過東彌也有預期到這樣的發展。

（你能聽到我的聲音嗎？）

（嗯，我聽得到，不過你好像不太驚訝。）

（我剛剛就察覺到你不是普通人。或者應該說……我猜你大概是間諜之類的。）

男子為了不引起懷疑，刻意隨興聊起賭博必勝法，同時直接對東彌的腦詢問：（你怎麼知道的？）東彌小聲回應：「是眼睛。」

他的動作雖然看似快要醉倒，但只有眼睛卻相當銳利。雖然只是從墨鏡邊緣瞥到一

◆註一：techno cut——八〇年代流行的髮型，將鬢角剃成銳利的直線，脖子後面髮際也剃高。

眼，仍舊看得出來。「這個男人完全沒有醉。」只要發覺到這一點，接下來就能逐一推理出來了。

（想要裝成喝醉的人……而且像墨鏡這種明顯可疑的配件，也是故意戴的吧？像口罩或有色眼鏡之類的，越是擅長變裝的人越不會使用。因為會立刻被看穿「想要隱藏面貌」。我們也不能戴預防魔眼用的眼鏡，可是你卻反其道而行。）

（戻橋東彌，你果然就如傳言一樣聰明。我叫音羽，請多多指教。其實我本來不想像這樣跟你談話，不過我從假冒員工潛入的夥伴得到驚人的情報，所以先來告訴你。）

音羽一邊快活地喊出玩百家樂贏的金額，一邊以冷靜到令人毛骨悚然的聲音，用心電感應對東彌說：

（……有一名乘客被殺了。看來有怪物混入這艘船上。）

看得見與看不見的東西

舀起星星的聖杯，究竟在何方？

杯中將盛滿什麼、

祈禱什麼、拯救什麼？

賭博。

拚命。

孤注一擲。

無可救藥地——欠缺。

那名少年是否也是一樣?……不，不需要去思考，答案一定是肯定的。他也同樣是一直在賭的人。不賭就沒辦法活下去。他們是無法真實感受到生命的失落者。

他們一直在賭。

為了持續當某個人物，為了成為某個人物。

不論是看似瘋狂的舉動、或是突發性地行凶，背後其實都有明確的算計，並不是毫無章法。看似無秩序而無方向，事實上卻非常合理。就如熟練的術士，或是說謊的魔術師。

只是他們的思想太瘋狂。

只是他們的期待、希望、祈禱——比其他人更強烈。

這點也是一樣的。

簡直就如表裡兩面──他暗中發笑。他感到親近。一方面想和對方促膝長談，另一方面又認為，即使是硬幣的表裡兩面，也不應該暴露自己。對方一定也抱著同樣的想法。

只要仔細觀察內心，就會被發現。

沒有任何異常，也沒有任何瘋狂。

他無法承認如此普通、平凡而沒有特色的自己。他無法容忍這樣的存在方式。也因此，他必須保密。他必須隱藏自己真正的本性。

也因此，他才要賭博。

持續賭博，持續生活。

即使在前方只有破滅的命運。

✢✢

珠子和東彌的任務，就是「假裝觀光，同時窺探船內的狀況」，但也不是隨自己高興四處逛就行了。

首先，他們必須迴避ＶＩＰ室所在的樓層，也就是七樓南區。網站上寫著「本區為相關人士專屬客房的區域，無法訂房」，不過這只是一小部分的情報。所謂的相關人士，就是指共同營運這艘船的黑手黨及黑社會要員。就連籌畫船旅方案的旅行社社長、或是表面上擁有這艘船的觀光企業大股東，都沒有辦法進入VIP區。

話說回來，走廊上也沒有站著一看就像黑道的人（譬如身材壯碩的黑衣人士）在監視。珠子稍微窺探了一下，只看到走廊上揭示著注意事項，和其他樓層沒有太大的差別。

……然而走廊前方立刻就是轉角。

珠子一邊走下樓梯一邊挖掘記憶。

那裡剛好是T字路的形狀。與船舶構造與使用方便性無關。即使明知會不方便，仍舊刻意要做成那樣的形狀。這是為了在繞過轉角的前方設置警衛。從直線通道方面來看，因為形成完全的死角而看不到內部情況，然而監視者卻能立刻看到從走廊走過去的人。而且不讓外人目擊到看似黑道的人，也能避免一般乘客感到懷疑。

雖然是狡猾的手段，不過珠子仍舊不得不佩服。在設計船隻的階段，這一切恐怕就已經全部計畫好了。這艘船是為了作為違法交易的場地而建造的。

未練曾說過，平常的交涉與談生意是在VIP區進行。雖然說是「平常」，不過因為在那裡談的往往是禁藥買賣或武器走私的生意，因此即使對他們來說是平常，但絕非一般生意。不過在此姑且先不管這一點。

問題在於那裡是不是C檔案相關的交易場所。

雖然無庸置疑是最有可能的地點，但是未免太顯而易見了。只要是知道內情的人都可以猜到。像那樣的場所，真的有可能成為討論最高機密的地點嗎？

不論如何，偽裝成一般乘客潛入船上的珠子，無法潛入像VIP區那樣特別的空間。這裡還是交給另外行動的主隊比較聰明。

她不該去的地方還有別處。

像廚房、工作人員房間、或是操舵室這些員工出入的場所，也是打扮成觀光客的珠子不可能去調查的地方。

雖然說可以找個適當的人使之昏迷，奪走對方的衣服變裝潛入……不過還是別這麼做比較好。

這不是道德問題，而是風險的問題。既然要讓員工昏倒、奪走對方的制服，那麼船上人員自然會少掉一人，而這名員工原本該做的工作也無法完成。有可能因為「休息時間到了，輪班人員卻沒有來」這種細小的差錯而被發現有異，絕對稱不上好方法。

有鑑於此，變裝成員工的手段應該要在確認檔案所在地點、並且以這個手段最適合的情況再選擇。

而且主隊的人或許也採取了較低風險的手段進行搜查，譬如「事先準備制服」、「買通內部人員」等等，因此沒有必要勉強出手。

此外，船上的游泳池周邊最好也別去。珠子沒有帶泳衣，總不能穿著普通服裝去逛游泳池。這等於是在宣告自己正在搜尋某樣東西。

「話說回來，也不可能在那種地方談生意吧……」

珠子自言自語。

此刻她站在船的最下層，也就是機艙所在的樓層。周圍沒什麼人，煞風景的空間令人難以想像這裡是豪華客船。由於燈光較少，整體感覺陰暗狹隘而令人窒息。

宛若地盤鳴動般的低沉聲響，或許是引擎類的聲音。因為要驅動幾萬公噸的船，感覺彷彿連牆壁都在震動。

雖然姑且算是對外開放的區域，不過出入的幾乎都只有輪機員和下手(註二)。相較於壯闊的大海景觀、最高級料理與酒類、鋼琴現場演奏等各種表演、還有最重要的大型賭場，不會有乘客會想要特地跑來這裡聽引擎聲。

珠子明知這樣的情況，卻特地造訪這裡，理由之一純粹是因為她正在船內從上而下依序巡視；另一個理由則是推測，「如果是以犯罪組織違法交易為前提來設計，那麼應該會在沒有人接近的區域設置祕密房間」。

她的預期落空，不僅沒有發現祕密空間，也沒有找到任何人。

光是出現在一般乘客不會接近的地方，就會引起懷疑，容易受到監視，敵人也容易發動攻擊。既然推理看來是錯誤的，那麼最好還是快點離開。

然而——

「……咦？」

走道盡頭有東西在閃爍。

她看到的是金色長髮嗎？會不會是看錯了？然而在色調冰冷的這個樓層，沒有任何東西會讓她看錯成金色長髮。話說回來，要捨棄眼睛錯覺的假設也言之過早。

看到金色長髮的地點在黃色鏈條另一邊，「非相關人士禁止進入」的公告前方。

「……要不要去看看？」如果找到進行交易的祕密房間，就是一大收穫；即使只是發現疑似「綠眼怪物」的人影，也是很大的功勞。

◆註二：下手——wiper，機艙低階船員。

珠子猶豫之後，決定悄悄前進。

才不到幾秒鐘，她就理解到這樣的選擇才是太過草率。

「發現可疑人物～～！」

她聽到背後傳來的聲音，轉頭看到一名男子站在那裡。

這名男子邋遢地穿著船員制服，口中叼著電子菸，光看外表就知道不是正當的船員；不過最異常的就是他手中拿著泵動式霰彈槍。

用看似雷明登M870的槍枝代替捶背棒的青年以狐疑的眼神看著珠子。

「……不，你誤會了。」

珠子試圖出言辯解，但得到的反應並不是很好。

「有什麼好誤會的？妳不是已經越過禁止進入的鏈子了嗎？」

「是這樣沒錯，可是……」

「我知道了。有什麼話去說給上面的人聽。為了我的獎金，妳就快快暈倒吧。」

霰彈槍瞬間噴出火花。

這次任務的前提，就是公安與內閣情報調查室共同作戰。

擬定的方案大致可以分為三項。

第一，「讓戻橋東彌與雙岡珠子兩人上船」。由和佛沃雷淵源很深的這兩人潛入船上，進行牽制。重點在於「讓佛沃雷等敵方陣營知道『戻橋東彌和雙岡珠子兩人在船上』」，因此說得極端一點，兩人並沒有必要實際上船。只要讓敵方相信他們「在船上」而警戒，就達到目的了。

第二，「內閣情報調查室的情報員潛入船上，試圖奪走檔案」。這是藉由第一個方案分散敵方注意力、以便趁虛而入的形式。

第三，「由『白色死神』為首的公安部隊上船，以武力壓制」。這是在到達香港之前沒有解決時的最後手段。不過這樣一來內閣情報調查室就等於欠公安部一個人情，日本也會欠香港政府一個人情，因此不是很理想的方式。

++

以上就是椥辻未練談到的概要。東彌判斷未練只是沒說，實際上還有其他方案在進行。包含執行計畫的主導權爭奪與情報戰、小糾紛等等檯面下的鬥爭，就有無數糾纏不清的謀略奸計。

然而在戰略方面東彌最警戒的，就是「潛入的情報員是否值得信賴」。

為了避免情報外洩，東彌與珠子並沒有被告知主隊的情報員是什麼樣的人物。如果知道誰是夥伴，雖然能夠彼此提供情報，但也可能在不經意的瞬間（譬如陷入危機狀況、安全有疑慮的時候），有可能會不小心以視線追蹤對方。為了彼此配合而確認夥伴動向的行為，在敵人方面就會成為推測「這傢伙在意的對象就是同夥」的材料。

東彌沒有接受過情報機關的工作訓練，珠子則經驗不足……但即使不是這樣的狀況，要控制無意識間移動的視線，本來就是相當困難的事。

這是一體兩面的問題。聯合行動是強大的武器，但正因為聯合行動，自己的舉動就會成為映出夥伴的鏡子。

在敵我雙方雜處的狀況下，當然不可能發射霰彈槍，否則就有可能誤傷到己方。

然而如果在隱瞞夥伴存在的情況下，做出同樣的選擇，就會被懷疑「為什麼不開槍」，然後被推測到「應該有不能開槍的理由」，最終被看穿「應該有間諜躲在某處」。

未練非常理解這一點，因此刻意沒有告訴東彌與珠子分遣隊的底細。

然而在東彌方面，卻不得不在意被敵人謊稱「奉未練之命潛入船上」而遭到背刺的危險，或是潛入的人背叛他們的可能性。畢竟他們完全不知道對方是什麼樣的人。

「我想要再確認一下，分遣隊的人不會背叛我們吧？」

上船之後沒多久，東彌被珠子趕出房間，回到自己房間後便聯絡未練。

「我相信自己選的人背叛可能性很低。」

「不要到時候才發現，一開始就是佛沃雷的間諜。」

「我做了努力，應該不會發生那種事。」

這個回答雖然不夠肯定，但不是謊言。未練之所以回答得含糊不清，正是因為誠實。即使是部下或同事，通常也有許多不了解的地方。未練能夠做的，就是平日就勤於觀察，注意對方有沒有可疑的舉動。他無法斷言「絕對不可能」。這就是現實。

這世界其實充滿了不明確性。

正面的反面未必是反面。

「有沒有洗腦或變裝的可能？」

「我請公安部門最厲害的接觸感應超能力者幫忙，這兩者應該都不可能發生。超能力方面，也在計畫開始前就確認過了。」

「超能力？哦，原來如此。」

特異功能是憑藉心靈侵蝕現實的力量。也因此，每一個人的異能都不同，代價與制約也互異。相似的能力雖然多到數不清，不過可以說沒有同樣的能力存在。這就跟「雖然有長得很像的人，但沒有一模一樣的人」是同樣的道理。

未練提到的，就是利用這項原則來確認本人。因為沒有人擁有同樣的能力，因此看到異能，就能確認是不是本人。

電話另一端的菁英說：

「不過也有『使用他人能力的能力』，所以這個確認方式也不是絕對的。事實上，『白色部隊』也有能夠『奪走他人異能』的超能力者。」

「哦。這樣的人應該會想要得到C檔案吧？只要奪走名單中那些小孩的能力，自己就可以變得更強了。」

未練沒有回答東彌的問題，繼續說：

「特異功能可以大致分為身體強化系、概念操作系、精神感應系、空間支配系、時間干涉系五種，不過偷走或模仿他人能力的異能不屬於這五類當中，算是相當罕見的能力，不是那麼容易找到的。」

「這只能意味可能性很低，並不能證明『綠眼怪物』沒有那樣的能力吧？」

「不能。所以我才派你過去。」

作為主隊被派入的情報員都是一流人才，想必能夠毫無問題地完成大多數任務。這次的事件也一樣，應該能夠按照未練的想法來進行。

然而如果遇到非比尋常的對手或狀況，那又會變得如何？

不是普通的對決，而是異常的戰場；不只是有死亡的危險，而是連前提都會失效的場所。他們將要面對的是一輩子未必會發生一次的狀況。在那樣的空間當中，直覺與運氣反而比正規訓練更有用——這就是�辻未練的想法。

他也相信，在這樣的判斷與感性方面，沒有人比東彌更傑出。

「我既然沒有告訴你們主隊的情報，當然也不會要求你們聯繫合作。你就依照自己的判斷來行動吧。」

「可是我的行動有可能會妨礙到其他情報員吧？」

「雖然最好是不要妨礙，不過即使妨礙了也沒關係。重要的是C檔案。只要能夠達成目的，不管是誰的功勞、或是採取什麼樣的手段，都無關緊要。」

只要結局圓滿，也可以儘管推翻我的預測——

未練照例以隨性的口吻這麼說。

++

美式輪盤在轉動。

東彌在輪盤桌的黑色放置一枚籌碼。不久之後球掉下去，荷官宣布「黑35」。賭客當中有人歡呼，也有人垂頭喪氣，或是玩不下去似的離開座位。這是賭場中常見的景象。

如果是黑色與紅色的外圍投注區，獎金是兩倍。有大約二分之一的機率，賭金會變成兩倍回來。然而錢並不會像口袋中的餅乾，迅速地一再翻倍。因為是二分之一左右的機率，因此兩次有一次會輸。

再加上什麼都沒在想，因此不可能會持續勝利。

不過就算在玩輪盤遊戲時努力思考，也會令人懷疑有多少意義。

「……」

東彌托著臉頰思考。周圍的人大概以為他是在煩惱該怎麼賭，但他其實是在思考某起殺人事件。

根據潛入船上的調查員音羽的說法，被殺害的是年輕的女乘客。當船員前往她的客房時，發現她死在自己的房間裡。幸運的是（不知道該不該這麼說），因為迅速進行隱匿工作，因此沒有引起騷動。

看來光只是死了一人左右的意外，不足以阻止這艘賺錢的船繼續航行。這也是很正常的。這次航行中會進行重要的C檔案交易，更何況這艘船是黑社會的勢力範圍，如果因為發生殺傷事件就去找警察幫忙，那就顏面掃地了。至少要先找出犯人，讓這個傢伙受到相應的懲罰才行。

說到顏面，被害人的臉也遭到破壞。此外，右手關節也遭受損傷。從這些情報推測，犯人應該是抓住女人的手臂、鎖住她的關節把她拉倒之後，直接抓著她的頭蓋骨敲在桌上或地板上，直到臉部完全凹陷。

船員之所以會前往被害人的房間，據說是因為接到電話聯絡，說「空調沒有效果，希望能來檢查一下」。

……假設打電話的是被害人本人……

以奪走財物目的的犯案來說，未免太殘忍了，可能性應該很低。

如果動機是怨恨，從殺人手段來看，犯人應該懷著相當大的憎恨；然而被害人卻悠閒地打電話，等於是直到最後一刻都沒有想到自己會被殺害。

此外，這應該也不是有計劃的犯案。航行在海上的船舶可以說是巨大的密室，有嫌疑的人選範圍自然也有限；這樣的情境對於犯人來說，真的是絕對必要而不可或缺的嗎？

不過東彌該去思考的，不是精巧的不在場證明偽造。

雖然對於死亡的女性過意不去，但如果這只是一般的殺人案件，老實說並不重要。

……問題是，如果這不是「正常的」殺人事件會如何？

沒錯。

關鍵在於犯人是不是「綠眼怪物」。

如果答案是「否」，那麼就必須考慮遇到其他怪物的可能性。犯人是覬覦C檔案的其他刺客，或是連續殺人犯？不論如何，絕對屬於毫不遲疑就會殺人的危險人物。

東彌已經以簡訊告知珠子。不過非常重視聯絡的她卻遲遲沒有回信。

東彌感到些許不安，但另一方面也覺得這也是很正常的。兩人分開之後沒有經過多久的時間，而且如果有乘客四處閒晃並隨時在意著手機，一定會引起懷疑。雖然說聯合行動時的報告是不可或缺的，但也要看時間與場合。

此外，如果遇到緊急狀況，他們也決定了另外的聯絡方式。「打電話之後，響三下就掛斷」。這是「緊急聯絡」、「遇到危險狀況，需要支援」的暗號。

……珠子跟我不一樣，受過調查員的訓練，應該不會輕易陷入危機才對。

基本上，不管是佛沃雷或是營運這艘船的黑社會人士，又或者是其他組織，都不能在發現東彌和珠子時就立刻解決掉他們。既然有其他乘客在船上，如果隨便發動攻擊，就會引起騷動。對於想要進行交易的他們來說，應該不是上策。

頂多是繼續監視兩人有沒有可疑的動作。要行使暴力的話，等到船抵達港口、有辦法處理屍體再說也不遲。

東彌考量到各項要素，做出「應該不要緊」的結論。

在這當中包含著對珠子的信賴，以及或多或少的犧牲準備。如果只在意自己安全，那麼只要全程共同行動就行了。雖然有可能兩人一起被殺，收集情報的效率也會低落，但是搭檔行動基本上能應付的情況會更多。

也就是說，東彌賭在「分開收集情報」而不是「兩人共同調查」。

這就像是在輪盤遊戲中賭紅色或黑色一樣。雖然有根據，但是也可能只是誤會或主觀期待而已。不論如何，下注之後就無法挽回了。

接下來要賭哪一邊，就只能等球掉下來再決定。

「快要用完了。」

在他思考種種問題的當中，手邊的籌碼變得所剩不多。或許是因為他一直沒有仔細思考就隨便賭吧。

東彌的賭博資金來自未練的「調查費用」，所以目前他個人沒有損失，不過如果要繼續在賭場內假玩，就得自掏腰包。他實在是輸太多了。

這時他終於掏出配發給自己的手機。

「——要不要我給你意見？」

穿著刺繡夾克的少女在他旁邊坐下。

她是先前還在進行西洋棋賭博的年輕賭棋師。她的容貌很美，就連電視上的混血藝人都難望項背，年紀大概是二十歲左右。東彌先前斜眼看她賭棋，因為主教下在d6（羽生棋譜）(註三)很特別，因此留下印象。

不，不對，東彌之所以在意她，還有別的理由。

這名少女的眼珠是宛若綠寶石般美麗的翠綠色。

「哦，妳要教我必勝絕招嗎？」

「我沒有必勝絕招，可是我可以教你類似的東西。」

髮尾剪齊的金色直髮在她的手指玩弄之下閃閃發光。白色的肌膚令人聯想到海外血統，或許是歐洲出身。不過從她說得一口流利的日文來看，也許是在日本長大的。

少女以慵懶的眼神盯著東彌，彷彿是在對他品評一般。

「賭博的時候，與其自己猜測，不如賭最常獲勝的馬。」

「也就是說，妳要我對妳投資？妳的西洋棋棋藝似乎不錯……」

「不是。」

少女冷冷地否定，接著壓低聲音繼續說：

「……在玩二十一點的四號桌，戴毛線帽的年輕男子。這樣你應該就明白了。」

「真的嗎？」

「嗯。就連 chicken dinner（狂勝）也不是夢想。不過——」

「不過？」

◆註三：羽生棋譜——指日本著名將棋棋士羽生善治下西洋棋時擬出的新棋路。

「這也要你是傳說中的『戻橋東彌』才行。」

東彌全身起雞皮疙瘩。

因為恐懼、緊張——更重要的是，因為從這些情緒產生的亢奮。

東彌不禁露出毫不隱藏的笑容，站起身子。

「妳告訴我這樣的情報，對妳有什麼好處？」

「沒有好處，不過如果你覺得我有恩於你，就希望你能聽我拜託你一件事。」

「哦？我已經習慣聽別人『拜託』了，不過如果是不知道名字或來歷的人，我也得考慮一下。」

「我叫 TERIKO，是 Sheol 的代打。」

少女一副不耐煩的態度回答，然後問：「這樣可以了嗎？」

她沒有說謊。

她大概真的是營運這艘船的黑手黨的代打。

「對了，代打小姐，妳知道『綠眼怪物』嗎？」

東彌在臨去之前這麼問。

「……你在嘲諷我嗎？綠色眼睛沒那麼稀奇吧？」

少女不悅地回答。

這句話也不是謊言。

✝✝

未練拿了放在床頭櫃的寶特瓶，喝了一口。放在旁邊的時鐘滴滴答答的聲音格外刺耳。會不會是因為計畫正在進行中，所以神經特別緊張？「太不像自己了。」未練說完，躺回雙人床上。

過於寬敞的床上，有兩支智慧型手機、三支功能型手機、一台平板電腦，旁邊的桌上甚至還有筆記型電腦。雖然看起來像電腦宅，不過這些都是工作所需才不得已使用的。沒有統合在一台，是為了防駭所做的微薄努力。

每當工作增加，通訊器材也會增加。未練對電子機器不熟，每當拿到新機種，就要請朋友或部下幫忙進行個人化設定。

然而能夠幫他做這種事的對象，不久前也少了一人。

「……」

他躺在黑暗的房間裡。

緊緊閉上窗簾，望著天花板，「他」的話就會在腦中迴盪。

——『抱歉，未練先生……！敵人是綠眼的……』

通訊到這裡就中斷了。

未練原本想要罵他，在道歉之前應該傳達更重要的情報，不過看在他直到最後瞬間都忠於任務的態度，就不去追究了。對方應該也不希望在死後還要受到斥責。更重要的是，未練也無法傳達給他了。

人死不能復生。

將近十年前，未練找上從觀護所出來的少年。

這名少年因為母親已經再婚，不方便回到老家，但是要找正當工作又太年輕，也沒有學歷。「而且還有前科，根本就無可救藥。」他常常笑著說，然後又說「所以我很感謝未練先生收留我。」

每一次未練都告訴他，沒什麼好道謝的。「介紹可以發揮能力的工作」說起來好聽，但卻是把他拉進比黑道或流氓更黑暗的國家黑幕當中。未練是看準年輕人無處可去的弱點而趁虛而入。

如果不做這種工作，就不會死了。

那傢伙待人很好，做事也很得要領，不論是打工或做臨時工，應該都能順利上手，過著幸福的日子。雖然在社會中也許不會受到尊敬，但是一定能夠抓住確實的幸福。這樣的未來原本也有可能存在。

然而這個可能性卻被椥辻未練破壞了。

雖然選擇的是他本人，卻等於是未練殺死他的。

「我知道。我不打算後悔。」

未練喃喃自語的聲音沒有傳達給任何人，就直接消散了。

他認為對於後悔的事流淚，等於是原諒自己。流淚是清算過去、療癒傷痕，純粹只是為了自己，對於他人沒有任何意義。

也因此，椥辻未練不會流淚。

他不想要忘記後悔、過去、與傷痕。

不過這點對於他人而言，或許也沒有任何意義吧。

「嗯？」

這時電話開始震動。未練拿起一支功能型手機。

以賭場嘈雜的聲音為背景，那名奇特的少年——戻橋東彌——以自言自語般的語調開始說話。「這是偽裝嗎？」未練立刻察覺到他的意圖。

東彌把手機設為免持聽筒模式，假裝在自言自語，藉此傳遞情報。

『……話說回來，小珠究竟跑到哪裡去了？我也想跟她討論 TERIKO 那個女生的事情……啊，分牌！』

看來他在玩的是二十一點。從荷官的話語和周圍的歡呼聲，可以知道他贏了不少。

未練確實指示他們，只要待在船上就可以了，甚至只要給對方「在船上」的情報，即使實際上不在船上也沒關係，不過從來沒說過要他們玩到大贏。如果他們真的當作旅行，那也很傷腦筋。

不過隨便怎樣都沒關係——喃喃說的同時通訊中斷了。大概是東彌掛斷電話的。

「接下來——」

未練邊開始輸入簡訊，邊打開平板電腦，同時也把手伸向智慧型手機。

「TERIKO・汀絲里是 Sheol 的代打，亦即受僱負責賭博的人。」他送出內容後打電話給珠子，左手則拿起另一支手機撥給主隊的部下。打算詢問雙岡珠子的下落。

當他知道無法聯絡上本人，就在平板電腦的液晶螢幕上操作，啟動安裝在CIRO-S配發的手機中的發信機，找出珠子所在的地點。位置是船體底部，機艙周邊。只要不是已經被殺、手機被棄置，那麼她應該在那裡。

接著他通知潛入船中的調查員，「手邊沒有工作的人去搜尋雙岡珠子。如果有別的要務，可以忽略這項指示」；最後再向內閣情報調查室及公安報告計畫進行狀況，要做的事就告一段落。

當他拿起寶特瓶、想要稍作休息的同時，另一支智慧型手機開始震動。

『我是音羽。我現在就過去。』

「知道了。就像我剛剛說的，如果很忙的話也可以不用管她。反正應該不至於被殺死。」

『好的。另外，被害人增加到兩人了。』

看來這句話才是正題。電話另一端的部下、音羽的聲音變得更加嚴肅。

第二名被害人是中年男子。他是在廁所間被發現的。巡邏的警衛看到從門下方流出來的血，感到懷疑，打開門發現他死在裡面。他的臉像被壓爛的蕃茄般，被塞進馬桶裡。要是發現的不是工作人員而是乘客，勢必會引起恐慌。這次似乎也勉強隱匿成功。

這樣不知是幸或是不幸。如果被乘客發現，應該立刻會由警察出面，C檔案的交易大概也會停止。這種情況不知是誰、哪一方的勢力佔便宜。

他轉念一想，去思考這些也沒用，因此又專心聽部下報告。

『死亡推估時間和身分還不知道，不過狀況似乎和第一個被害人相同，因此大概是同一個犯人。』

「原來如此。又是把手臂折斷或膝蓋踢斷、讓對方無法逃跑之後再殺害的嗎？」

『馬桶似乎沾滿了血，所以大概是抓著他的頭往上敲。』

「這樣的話，清潔員會很辛苦。」

未練對黑手黨的下層表示同情，接著問：

「我想要確認一下，死者的臉應該不是被霰彈槍打爛的吧？」

『我不清楚詳情……為什麼要這樣問？』

「我剛剛得知，有個使用霰彈槍的保鏢在船上。」

『……有可能在客船上開槍嗎？』

「誰知道，黑社會裡有很多腦袋少了一顆螺絲的傢伙。」

畢竟這次的傢伙是個笨蛋——未練繼續說。

假設兩件殺人案件都是內部犯人，也就是新加坡黑手黨Sheol的成員，那麼能夠成功隱匿也是可以理解的。如果是裡面的人做的，就比較容易讓屍體在適當的時機被發現。

『……不論犯人是誰，我會去調查為什麼那兩人會成為目標。』

「我的確希望你去調查，不過這件事也等到有空再去調查就行了。最優先的還是檔案。拜託你了。」

『好的。』音羽回答之後就結束通話，房間裡恢復寂靜。

＋＋

對於雙岡珠子來說，有三個未曾預期的狀況。

第一是謎般的殺人事件。

這艘船是黑社會組織的勢力範圍。尤其是作為主人營運客船的新加坡黑手黨Sheol，絕對不會原諒犯人。為了和C檔案的交易完全不同的理由，船內進入靜默的戒備狀態。

第二是使用霰彈槍的男人——門前——在船上。

門前是Sheol的保鏢之一，負責處理客訴。換句話說，就是「讓麻煩的客人閉上嘴巴的工作」。平常很少有上場機會，通常都是負責扮演刺客的角色。

然而因為第一個意外、也就是「必須儘快逮到殺人狂」的狀況，使得門前也興致昂揚地出來巡邏。

至於第三，則是珠子完全不知道第一件與第二件未曾預期的狀況發生。

「啊！」

霰彈槍噴出火花。槍聲形成回音。子彈打在牆上，發出撞擊聲。

……劈頭就拿霰彈槍攻擊，這個人有病嗎？

珠子立即躲到陰影處，內心暗自咒罵。

她並不知道，船上發生了殺人案件，Sheol正在尋找遊盪的殺人狂，而攻擊他的是平常面對醉醺醺的壯漢、舉止蠻橫的流氓等難搞的奧客、負責讓他們閉嘴的暴力客服人員。

「跑～到～哪～去～了～？」

門前一邊重新裝填M870的子彈，一邊緩緩追尋珠子。

就門前的角度來看，對方是「獨自一人闖入甚少有人會來的機艙附近，而且還想要闖入禁止進入區的人」，絕對很可疑。不管三七二十一就發動攻擊，在他的常識中是很正常的選擇。

雙岡珠子是情報員，也是調查員；她面對的對手不必然是敵人，而且即使是敵人，也有訴諸暴力以外的手段。就算現在是敵人，視情況變化與交涉結果，也可能成為盟友。

然而既是保鏢又是刺客的門前面對的，只有敵人。

「看到危險的傢伙就開槍」。他只憑這條比動物還低等的原則來行動。即使是高層級的交涉對象，仍舊是敵人。為了預防對方隨時會翻臉，他的手指總是放在扳機上。

像這樣的認知差異，或許也是未曾預期的狀況之一吧。

珠子屏住氣息，然後很緩慢地移動。

她想要打緊急用的電話給東彌，但如此細微的空隙也可能引來殺身之禍。她不能輕舉妄動。即便如此，如果縮在原處，就只能迎接被霰彈槍射穿臉孔的結局。

這是最糟糕的狀況。

首先是空手對上霰彈槍的形勢。光看射程也知道絕對不利。

更何況對方是黑手黨的保鏢，不是能夠輕易戰勝的對手。

此外，即使戰鬥順利結束，情況也會變得很複雜。

打倒男人之後，要躲在房間裡足不出戶嗎？或者是乖乖向 Sheol 自首，告訴他們自己是「來調查檔案」、「看到可疑的人影」？乾脆跳進海裡尋求救援，或許才是最佳方案。

……不論如何，必須先化解眼前的危機才行。

冷靜，不要緊。珠子告訴自己，並試圖停止手部的顫抖。心跳劇烈到像是火警時敲響的鐘，讓她擔心光是心跳聲就足以被對手發現自己。每次聽到腳步聲，她便全身緊繃。

相較於面對柊的一戰，有不同的緊張感。

當時對手使用的是刀子。既然是近身武器，只要拉開距離就能避免遭受致命傷。徹底居於守勢，就能閃躲、避開對手的攻擊。

然而這次敵人的武器是槍。拉開距離的話，就只會單方面遭受射擊而告終。先前的作戰方式不管用了。

……我學過什麼？

珠子以求助的心情回想起過去。

✢

東彌在會場的吧台角落座位找到那名金髮少女。他檢視手機，另一隻手玩弄著賭場的籌碼走向少女。鏘啷鏘啷的聲音很悅耳。「果然比桌上遊戲用的還要高級。」他產生理所當然的感想。

喝著薑汁汽水的少女看到東彌，似乎猜到了什麼，露出笑容。態度雖然跟先前一樣慵懶，不過翠綠色的眼珠閃爍著興致盎然的光芒。

如果珠子在這裡，一定會喃喃地說「跟他一模一樣」。

黑手黨的代打TERIKO的眼神和戻橋東彌很像。

兩人年齡相去不遠，再怎麼高估她的年紀，頂多也是二十多歲。她似乎也經歷過相當程度的戰鬥。雖然屬於不同類型，但是她和東彌同樣是賭徒。在這座賭場中，像他們這樣能稱得上真正賭者的，也不過寥寥數人而已。

只是不知道她是不是也跟東彌一樣，是屬於連自己的性命都能拋棄的異端。

「看你的表情，大概是贏了。」

「託妳的福。才賭了幾次，就賺回不少之前輸掉的了。賭優勝馬的戰法很有效。」

東彌邊回答邊坐在她旁邊。

TERIKO說的「玩二十一點的四號桌，戴毛線帽的年輕男子」既不是暗號，也不是線索，只是傳達一項事實。

那名青年在詐賭。

不，嚴格來說他並沒有作弊。戴毛線帽的男子所做的，是稱作「算牌」的戰略。

「在這座賭場，洗牌是由荷官直接進行，發完的牌不會歸回原位，而是放置在棄牌托盤上。在自動化普及的時代，算是相當罕見的。」

一般來說，在賭場進行二十一點遊戲時會使用幾副牌，在洗牌之後放入稱作「Shoe」的塑膠容器中，然後由荷官從裡面發牌。

二十一點這項遊戲，是由莊家與玩家較量何者能夠湊到最接近二十一點的牌。每一次會消費掉幾張撲克牌。

這意味著什麼？

那就是可以憑數學來判斷有利或不利。

譬如自己拿到K的時候，Shoe（牌盒）的所有牌當中就會少掉一張花牌，接下來拿到K的機率也會稍微變低。利用這樣的偏差，在勝算高的情況就多下注，在輸掉的可能性高的時候就選擇投降。

然而理論雖然簡單，要計算卻相當困難。

假設遊戲中使用四副牌，荷官與玩家各分到兩張牌，撲克牌少了四張，當然會因此而產生差異；然而有多少賭徒能夠立刻算出機率？現實中有可能辦到的，是像學者症候群（savant syndrome）那種真正的天才。

也因此，實際的算牌是由多人進行。

「那個戴毛線帽的同夥進行的是 Hi-Lo 算牌法。因為暗號很簡單，所以我馬上就知道了。透過夥伴之間交流情報，由身上帶錢的人到『玩家贏面很高的賭桌』下注。」

「二十一點在眾多賭博遊戲當中，算是滿特別的遊戲。它不是完全沒有運氣成分，但也不是全靠運氣。這種遊戲可以憑高度的機率理論獲勝。我並不喜歡。」

東彌把手交叉在腦後點頭。

「真巧，我也不喜歡。這一來就不是和人對決了。」

「你一定也很討厭賭西洋棋吧？」

「嗯。依照實力、勝率進行的遊戲，不是很無聊嗎？」

TERIKO 瞇起眼睛，喃喃地說「果然跟傳言一樣，是個徹底的賭徒」，然後又問：

「假設二十一點有必勝方式，你猜大家為什麼都不去嘗試？」

「這還用問嗎？就算有好幾個人一起進行，要計算幾百張撲克牌的機率也很困難，即使是頂尖大學的學生也未必辦得到……更重要的是，如果贏太多，就沒辦法安全離開賭場。」

賭博的規則，就是要讓莊家永遠賺錢，要不然賭場就無法經營下去。沒有常勝賭徒的最大理由，是因為「到最後會被暴力排除」。

戴毛線帽的傢伙那夥人似乎不了解這個道理。

不知何時，那名青年和他的夥伴就消失了。

「賭博真可怕。」

賭博是知性與感性的對決。

然而要把贏得的錢帶走，還需要地位與暴力。

東彌低頭看直式功能手機，然後問她：

「代打小姐的工作，是負責監視詐賭的人嗎？」

「不是。我只是在玩的時候碰巧發現他們。反正不論是否詐賭，如果遇到強手都是由我來對付。」

「原來妳真的是專業代打，好厲害。」

「在我看來，你比較厲害，可以輕易拋棄自己的性命。我喜歡認真、拚命的人。」

綠眼少女的態度依舊慵懶，但說出口的卻是明確的好感。

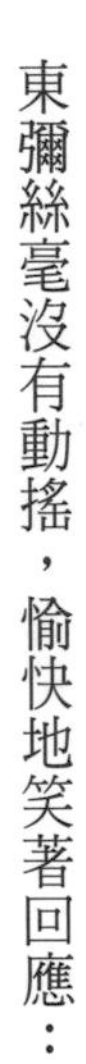

東彌絲毫沒有動搖，愉快地笑著回應：

「哦？是作為異性喜歡嗎？還是……作為敵人？」

「作為人。」

TERIKO 巧妙地迴避問題，又說：

「閒話少說，你還記得我的要求嗎？」

「嗯。然後呢？代打小姐到底想要我做什麼？」

「我希望你去見我的雇主，班乃迪克特先生。」

「……哦？」

「他聽到關於你的傳言，非常想要和你見一面。那個人很喜歡賭博，也喜歡賭徒。」

賈斯汀·班乃迪克特，通稱「新加坡賭王」。

他是營運這艘船的黑手黨「Sheol」的首領，也是安排這次交易的人物，目前持有C檔案的片段之一。

這樣的人不是想見就能夠見到的。這項提議一方面是獲得情報的絕佳機會，另一方面也非常危險。

從 TERIKO 的口吻聽起來，班乃迪克特、甚至是整個 Sheol，都知道「戻橋東彌」的存在。從這名代打少女向他搭訕可以看出，他們並不是只知道「有個少年打倒了『惡眼之王』」這種程度的傳言，而是連他的長相都已經正確掌握。

或者連他的能力（GIFT）也知道。

「如果我說不要呢？會有可怕的黑衣人出面，硬是把我帶走嗎？」

「我想應該不至於，不過如果你乖乖跟來，對你也有一些好處。」

「比如說呢？」

「我聽說，有個疑似你的搭檔的人，似乎正在跟班乃迪克特先生的部下對戰，不過他們可以放她一馬。」

這項事實就如先前的告白，以過於平淡的口吻說出來。

戰鬥不知道是什麼時候開始的，不過珠子當然不會有空回覆簡訊，而 TERIKO 也沒有說謊。她的確聽到這樣的傳言。

未練方面也沒有聯絡。東彌原本就不期待他幫忙。就算通知分遣隊珠子失蹤的消息，搜查行動大概也是第二、第三順位。這次的行動目的是介入檔案交易，不是救援珠子。

不過 Sheol 方面很明顯地在意戻橋東彌與雙岡珠子。

這點就如椥辻未練的計畫。

「這項提議雖然很有吸引力，不過無法保證你們會遵守承諾。『珠子在對戰』和『聽話就可以放過她』，都是代打小姐的說詞。妳得提出證據才行。」

「我只是轉達別人告訴我的話，所以不知道真假。你恨我也沒用，我沒辦法做什麼。」

「就算真的放過我們，也不知道具體的有效期限。我見了班乃迪克特之後，他們或許會暫時收手，不過也有可能在我們下船之前再度攻擊。」

因為曾經放過一次，就不算謊言。

然而 TERIKO 依舊只是宣稱，「不了解詳細情況」。這句話也不是在說謊。她大概只是說出自己被告知的內容。

……該去見面嗎……？

就算不考慮珠子的狀況，如果能夠和擁有片段的班乃迪克特交談，應該可以得到很多資訊。不入虎穴，焉得虎子。有些東西要抱著不惜拋棄生命的決心，才有可能獲得。

他產生不祥的預感，察覺到死亡的氣息，全身戰慄。然而他不討厭這樣的感覺。

他果然喜歡——緊鄰破滅的選擇。

「……你的搭檔面臨危機，你竟然還笑得出來。」

少女有些傻眼地說。

「你不是拚命，只是個賭博狂吧。不過我也沒資格說別人。」

「這是本性，所以也沒辦法。不過我還有其他享受風險的理由。妳的提議完全沒有考慮到珠子獲勝的可能性。」

沒錯。

Sheol 方面的提議是以珠子陷入危機為前提。她如果戰勝，就沒有任何意義。相較之下，「如何安全下船」這一點比較重要。

「你的意思是，她即使現在遭受攻擊，終究能夠戰勝對手，所以沒關係？」

「這個我就不知道了。我關心的是黑手黨的老大想要見我，究竟打算做什麼。」

「大概是想要看你賭博的樣子吧。我的雇主就是這種人。他想要親眼見識『戻橋東彌』的實力。」

「哦？這麼說，就是要我跟妳賭嗎？」

「也許吧。不過我什麼都沒有聽說。」

她依舊以慵懶的口吻回答。東彌抱怨「碰到關鍵的事情，妳什麼都不知道」，她便回答「因為我只是代打」。原來如此。說得也對，就算再怎麼擅長賭博，終究也只是底層的人，不可能知道真相。

到頭來，核心部分只能去問擁有檔案的班乃迪克特。

只能當面向他確認。

不，東彌明知危險，卻想要見他。

——因為這樣絕對比較有趣。

＋＋

沒有人能夠在看到子彈之後才躲開。

佐井征一之所以把這種理所當然的事情當作開場白，是因為他們活在異能與異形橫行的非常理世界。

「人類的神經傳導速度不會低於〇．一秒。而且這是科學上的理論值，實際上就連運動選手或軍人，也要〇．一五到〇．二秒。」

這是反應時間，亦即「身體開始活動前」的時間差。

再加上如果不是單純的反射動作或事先決定的動作，還需要進行判斷和思考。槍彈的速度會受到槍的種類、口徑、環境等因素影響，無法一概而論，不過槍口發射速度大概是亞音速到超音速的程度。

當子彈的速度超過音速，標的在「聽到聲音的階段」，子彈就已經射穿額頭。

如果是依靠視覺情報，假設光速的時間落差是零，在看到「扣下扳機的瞬間」開始移動，仍舊無法避開。雖然也要看距離，不過反應時間加上思考時間、行動時間總計需要一、兩秒，因此不可能躲開。

「為什麼要告訴我這麼簡單的事？我沒有天真到會去相信虛構故事的內容。」

珠子如此詢問，坐在辦公桌前的佐井便回答：

「理由有兩個。第一，我想要再次強調『赤手空拳要戰勝持槍的人很困難』這個前提。」

身為情報員，在被捲入面對面的戰鬥時，就已經算敗北了。

這是佐井的口頭禪。

「所以說，我已經了解這一點了。」

「第二，『這世界也存在著能夠避開槍彈的人』。」

「……什麼？」

「任何事情都有例外。妳沒有聽說過嗎？一流拳擊手的刺拳速度是〇．一秒以下。」

以時速來說，大概是四十公里到五十公里。當然也會隨拳法種類、量級、距離而不同，因此不能一概而論，不過如果對方擊出〇．一秒以下的刺拳，不可能有辦法反應。

然而實際上，奧運選手卻能巧妙地阻擋，職業拳擊手則能靠閃躲的方式迴避。甚至也有撥擋（parrying）的技術，或是以下潛（ducking）方式潛入對方懷中的近身型選手。

即使因為經過嚴苛的鍛鍊，能夠讓身體記住「左刺拳要擋」、「右刺拳要閃躲」，但是反應時間大概要〇．一五秒，因此不可能躲過低於〇．一秒的拳頭。

這是怎麼回事？

「很簡單，是因為觀察動作的發端，在這之前就已經開始對應。」

在對手踏入的瞬間，就已經移動重心，開始閃躲。

也因此，強者之間戰鬥的時候，幾乎都會成為腦力戰。肩膀、手肘、拳頭只動一點，讓人無法猜測是直拳的前兆，或是要引誘對手阻擋、進而攻擊腹部。必須判斷對手的擅長招式、拳頭距離、最佳站位。

格鬥技除了憑藉高超的體能之外，同時也是「看穿對手攻擊目標」、「趁虛而入攻擊」的智力戰鬥。

此外，在祕密世界，也有難以相信的人物存在。

「〇·一秒以下的攻擊，必須預先猜測才能躲避……那麼即使是槍彈，只要在被攻擊之前開始動作，就有可能躲避。」

在〇·一秒以下，不論是什麼樣的攻擊都一樣。

不論是槍彈、刀劍、或者是——光線。

「那不是好萊塢電影的劇情嗎？」

「一般來說是不可能的，但是像公安最強戰力的『白色死神』，還有歐洲最強殺手『壬生白狼』，都可以輕易斬落手槍子彈。此外，如果因為異能而擁有超乎常人的動態視力和反應速度，那就不適用先前提到的常理了。如果能夠移動得比音速還要快，子彈也不可能會打中。」

但是——佐井繼續說：

「像那樣的人物屬於例外中的例外。而且當面展開戰鬥一點意義都沒有。我們不是運動員，不需要製造敵人。即使遇到敵人，也只要設法讓對方撤退。」

「一旦進入戰鬥，就等於是敗北……」

「沒錯。即使妳變強了，這世界上還是有更厲害的人。我希望妳能夠了解這一點。」

他停頓一下，然後問：

「現在來複習一下上次教的東西：手槍跟其他武器相比，有什麼缺點？」

「缺點有幾個，其中之一就是它屬於點的攻擊。同樣是槍，突擊步槍可以透過密集的彈雨限制對手的動作，但是手槍就很難了。」

「答對了。這一點跟先前談到的內容也有關。」

他是指先前的「例外中的例外」，有辦法斬落槍彈。

手槍子彈的攻擊往往只射穿一點，沒辦法做到突擊步槍和霰彈槍般「面」的攻擊。也因此，只要從那一點移開身體、或是以刀劃過，就能夠應付了。

當然這只限定部分妖怪般的人類。

「這裡是日本，不論多大的組織，都不會拿出機關槍。黑道的槍擊案件，幾乎都是使用在中國違法生產的手槍。」

既然如此，攻擊幾乎都是單發。只要不站在槍口前方，邊移動邊利用遮蔽物阻擋射線，思考剩餘彈數，從對方死角攻擊，或採取無法使用槍枝的近身格鬥，就會有勝算。

實際上在軍用格鬥術當中，也已經確立對方拿槍指著自己時的應對方式。能夠空手應對槍枝，並不是只屬於少部分人的例外。

「我不打算教妳如何和拿槍的人戰鬥。如果因為學到技術，為了嘗試而丟掉性命，那就本末倒置了。更重要的是——」

「一旦進入戰鬥，就等於是敗北，對不對？」

「……妳知道就好。」

今天上的課只要放在腦中一角就可以了。佐井征一這麼說。

不用學習也不用練習，只要和武裝人員進入戰鬥狀態，任務就幾乎已經失敗了。但是也沒有必要乖乖被對方殺死。在戰場上看得太開，就等於是放棄人生。即使醜態畢露，也要掙扎到最後。

如果想要活下去的話。

如果珍惜生命的話。

「勝算雖然很小，不過還是要抵抗。學過的東西、經驗過的東西會成為力量。記住現在的談話，以後有可能遇到能夠幫助妳生還的局面。」

不過這樣的機率就真的是〇・一以下——身為珠子上司的這個男人難得地笑了。

＋＋

男人的霰彈槍開始射擊，珠子瞬間躲到隱蔽處。

光是一次的攻防，就可以了解一些狀況。

……牆上沒有彈痕。如果是實彈，不可能會這樣。

沒有射中的第一發直擊牆面。如果那把霰彈槍中實際裝填用來殺人的子彈，應該會造成更大的傷痕。她雖然不能探出頭檢視，所以無法斷言，不過牆面頂多有些凹陷。

從男人說要她「暈倒吧」來看，M870中裝填的大概是布袋彈或硬質橡膠彈。

前者是將霰彈塊的內容從鉛改為橡膠，發射塞入硬橡膠粒的小袋子；硬質橡膠彈則更單純，一如其名是「橡膠的彈丸」，代表性的是改變一般子彈的彈頭部分材質。

兩者都被稱為「非殺傷性武器」、「非致命性武器」，用於鎮壓暴徒，不過仍舊是以高速射出硬物。直擊到四肢會造成骨折，射中臉部也可能導致失明，最糟糕的情況還會致死。

然而這些都不重要。

此刻重要的是，不論是布袋彈或硬質橡膠彈，都不是霰彈。

Shotgun在日文中稱為「散彈槍」。這是發射小顆粒霰彈的槍枝，其結構特性導致殺傷力及破壞力特別強。如果在近距離被射中，一定無法得救。

然而男人使用的不是霰彈。

也就是說，一次只會射中一點。

……不是迎面碰上隨便開槍就能射中的。必須要瞄準才行。

更何況那把槍是泵動式的。每射擊一發，就要把護木前後拉動，在這一來一回當中排出彈殼，裝填下一顆子彈。也因此，如果第一發沒有射中，就會產生空隙。

說來理所當然，槍彈只能從槍口射出。如果在無法將槍口指著對手的極近距離戰鬥，槍枝就會化為無用的棒子。

通往勝利的道路只有一條。

讓下一顆子彈射偏，然後在對方重新上膛的空隙縮短距離——

「喂，快出來吧！如果逃跑的話，搞不好會射中不該射中的地方死掉喔？」

隨著輕佻的聲音，響起沉重的槍聲。

他或許是想要威嚇，不過因為不是空砲，所以每次開槍，船內的某處就會受損。在自己組織的船上，不該做這種事。「這傢伙腦筋少一顆螺絲」——珠子做出這樣的結論。他沒有東彌那種聰明的異常性，對於傷害任何東西都毫不在乎。

簡單地說，就是笨蛋。

另一方面，從他沒有立刻追逐躲起來的珠子這一點，可以看出一些知性。他大概認為，如果輕易接近對手，被發動奇襲，拿著霰彈槍、無法自由使用雙手的自己反而不利；必須瞄準掌握敵人所在、保持一定距離的時機。

與其說是戰法與戰術，不如說是「習慣」。

這個人很習慣這樣的戰鬥、或者是狩獵。

……他應該也深知重新上膛時會產生空隙。該如何製造空隙……

珠子屏住氣息，在走廊上前進。

她聽到背後傳來腳步聲。對方緩緩地接近。原本就不是很寬敞的空間，有引擎、電燈、空調等等。或許是因為位於機艙周邊，因此有許多相關設備。就因為躲在這些設備後方，珠子才能安然無事，不過終究會被追上，從背後被開槍。

珠子躲在水泥裸露的柱子後方，拿出手機，脫下外套。

有一瞬間，她的視線落在液晶螢幕上。

「……呵呵。」

即使處在這樣的狀況，她仍舊忍不住笑了。

那個少年似乎看穿了一切。收到的新訊息上寫著：「如果妳正在跟人戰鬥，就回想一下教室發生的事情。」東彌看到珠子沒有聯絡，推測到目前狀況，因而送來建議。

不，應該說是提供協助。

「想起教室發生的事」，指的應該是R大學的事件。當時是怎麼度過難關的？雖然不是要補償上一次，不過珠子立即猜到東彌的意圖。

……他是要我讓對手說謊吧？

東彌的計畫是要讓持霰彈槍的那個男人說謊，在此瞬間發動異能，讓男人做出看別的地方或舉起雙手的動作，強制性地製造空隙。

做法很簡單：珠子只要說出男人可能會回以謊言的話就好了。東彌為了使用能力，必須認知到「男人說了謊」，因此也不能忘了用免持聽筒功能接通手機。

這是很可怕的應用方式。

在異能者存在的世界，最強大的力量就是「情報」。敵人的能力內容、射程、制約與報酬……只要掌握這些知識，就容易擬定戰鬥方式。

這意味著當戰績越豐碩，戰鬥也會變得更困難。

贏越多、存活越久，異能就會被更多人知道，被想出對策的機會也更多。或者如果是沒有弱點或無法攻略的能力，對方選擇「一開始就不要對上」的情況也會增加。

「戻橋東彌」正處於這樣的時期。

在三方爭奪C檔案的事件、以及R大學連續可疑死亡事件當中，他身為外行人卻大爆冷門贏得戰果，使得他的能力開始為人所知，也開始被採取對應措施。

知道他能力的人，應該不會在他面前說謊。

「操縱說謊者」的能力，在對方只說真話的情況下無法發動。

然而在這種時期，他想出了出其不意的使用方式。

因為「戻橋東彌」的存在被掌握，敵方會特別注意說話的內容，但是如果沒有看到他的身影，就會產生疏忽，說出謊言。

這是得到異能情報的人更容易陷入的巧妙陷阱。

……話說回來，他的能力有這麼大的自由度嗎？

假設珠子求饒，然後門前說出「可以放過妳」的謊言——即使聽到這段對話，男人也沒有欺騙東彌，在這種情況仍舊能夠發動能力嗎？

更何況還是透過電話，直線距離應該也有幾百公尺。遠距離也能使用，在精神感應系能力當中也屬於相當特別的例外。

珠子不禁深刻感受到，東彌是個既可怕又可靠的夥伴。

身為他的搭檔與上司，她自己也要堅強才行。不能老是依賴他。

……不過這次必須由我來想辦法。

無關乎珠子的決心或心情，她無法使用東彌的手段。

理由很簡單：持霰彈槍的男人不是會說謊的類型。當他說「我要殺妳」，就是要殺死對方；當他承諾要放過對手，就一定會遵守。從他的舉動，可以看出他就是那種人。

回想他實際的發言，像是「暈倒吧」、「射中不該射中的地方就糟了」等等，想必都是真話。他應該不會想到要利用話術使戰鬥形勢對自己有利。

也因此，東彌的方案只能作為備用。

珠子打開手機的免持聽筒功能，接通電話，不過她要自己打破局面。

「——找到了。」

正當她下定決心的瞬間，男人的聲音在她身旁響起。

東彌望著美麗的金髮，跟隨 TERIKO 走過賭場中央。

根據代打少女的說法，班乃迪克特在船體底部的房間等他。那裡在設計圖上是貨艙，設置在比非法賭場更裡面的地方，據說只有在非常有限的賭博與交易時才會使用。

那裡大概也連結到搬運貨物的出入口。一如雜貨與食品，藥品與槍械也同樣地裝載進來，非法物品則在這間祕密房間交給客戶。這艘客船從頭到尾就是為了讓非法組織運用而建造的。

房間入口正好位於賭場入口的反方向，平常是荷官與警衛等相關人員用的入口。

「我是 TERIKO，請開門。」

少女向站在兩旁的黑衣男子這麼說，看似監視者的兩人頓時成為門房，替他們開門。

「代打小姐，沒想到妳地位滿高的。」

「我只是被視為客人。代打是組織外的人。」接著又說，「不過今天的主客是你。」

「代打小姐，關於剛剛的話題——」

「什麼話題？」

「關於我的搭檔成為人質的話題。」

「嗯。既然你跟來了，應該已經下令放走她了吧。」

「這個嘛，我想還是不用擔心了。」

TERIKO停下腳步回頭，以狐疑的眼神看他。

東彌說：

「就如妳看到的，我的瀏海很長。妳猜是為什麼？」

「我沒有興趣……不過既然不是為了流行，也許是為了稍微隱藏眼睛動作，或是留特別髮型比較容易變裝之類的理由吧？」

「嗯，答對了，不愧是賭徒。除此之外——」

他撩起掛在右耳的頭髮。

露出來的是小型無線耳機。

「也可以藏起這種東西。」

「我早就發現了。只是因為沒興趣，所以沒有指出來。」

「對妳揭開謎底好無聊。」東彌看少女反應冷淡，發出抱怨。「像我的搭檔那麼大驚小怪的人比較好玩。不過既然說到這裡，我就繼續說完吧。事實上在代打小姐告訴我之前，我就發覺到珠子遇到麻煩，也猜到她大概遭遇攻擊。」

東彌早已發現，並且採取對策。

TERIKO 是否發現到了？東彌曾經好幾次檢視手機，並且從中途就接通電話。也因此，即使聽她說明珠子的狀況，東彌也能享受危機感。

「這樣啊。那麼你應該擔心的是自己吧。」

「嗯。這回輪到我加油了。我先告訴妳，比賭博的話，我滿強的喔。」

「我知道。」賭棋師再度冷淡地回應。

＋＋

前方是盡頭。

門前的視線前方只有裸露的柱子。

正確地說不是死路，而是鐵門，不過從那名可疑份子的立場來想，與其依靠不知道能不能打開的門，不如在這裡一決勝負。至少如果換作門前，就會做出這樣的判斷。

距離柱子大概五公尺左右。

門前停下腳步，環顧四周。周圍沒有其他可以躲藏的地方，在一路上的貓抓老鼠、或者應該說是躲貓貓當中，看漏的可能性也很低。這裡是機艙，也是機械室。遮蔽物雖然多，但基本上只有一條路，遲早會追上對手。為了避免遭受奇襲，只要別焦急、慢慢追上去就行了。

現在要警戒的應該是特異功能。

不過如果是空間轉移或瞬間移動等等、可以立即逃走的能力，她應該早就使用了；如果對戰鬥能力有信心，也應該在被發現的時候就展開反擊。這樣看來，就算對手擁有能力，應該也是適合近身格鬥的力量。

……即使是超能力，如果是從手冒出火焰、或是把手臂變成劍之類的能力，就有辦法對付。

也就是說，只要假設對手持有武器、藏有暗器來行動就行了。

門前這麼想，不過能夠像他這麼果斷的人很少。他雖然思慮不足，但實力卻是貨真價實的。他沒有超能力，卻在異能者存在的世界戰鬥並生存下來，因此才能做出這樣的結論。

基本上，他生活的是把非法藥物藏在胃裡走私的窮人、以及禮服裡藏刀的殺手稀鬆平常的世界，遠遠背離先進國家、尤其是日本一般人的認知。

走在路上的年輕人突然從懷裡掏出手槍朝自己開槍，也是司空見慣。他必須要能夠應付那樣的狀態才行。面對用念力把東西砸來程度的攻擊，他當然不能卻步。

最重要的是，就算是擁有異能的異常者，被鉛彈射中還是會死。

……不知道那個女孩會使出什麼手段……

他收起抽完的電子菸，開始思考。

那個女孩肯定是躲在眼前的柱子後方。雖然看不到身體，不過依稀可以看到影子，很明顯地是躲在那裡。

如果在平常的時候，他會提防敵人會不會是使用能力偽裝，或是使用外套等做出假的人影，不過這次不用去想這些問題。因為這裡沒有其他躲藏地點。雖然也有可能是為了爭取時間而假裝躲在柱子後方，不過碰到這種情況，本人應該早就逃之夭夭，多想也沒有意義，等到發現之後再跺腳就行了。

門前一邊戒備奇襲，一邊檢視簡訊。沒有聯絡。

他在發現可疑少女的時候，就已經向上級報告，得到的回覆是：「要拿她當人質。如果要放走，會再聯絡。」

沒有聯絡，意味著可以抓住她。而且反正只要活著，就能夠拿來交易。

他稍微前進一點。

距離影子大約有三公尺。如果遭受奇襲，這樣的距離很難招架。

不知道會從右邊來，還是從左邊來？對方會靜靜等候，還是會先發攻擊？

要過去，還是要等候？

橡膠彈裝了極限的四發。門前舉起霰彈槍思索。

在這個瞬間，有東西飛到空中。

「啊！」

小小的物體從柱子後方丟出來，落在門前右邊的地板上。

是手榴彈嗎？不，不對，是手機。之所以能夠在看到的瞬間立即做出判斷，或許是因為他長年生活在黑社會。

他的思考立刻前進到下一步。「如果只是手機，為什麼要丟出來？」這是很簡單的伎倆。大概是為了把他的視線引到手機，製造空隙。他為了避免中計，立刻將視線移回柱子的方向。

如果那是電話型炸彈，就往左邊跳，以柱子為阻擋物稍微減輕傷害，同時攻擊對手；如果是會冒煙的裝置就往右邊跑，以身體遮蔽煙霧，確保視野並射擊。他再度瞬間做出以上的決斷。

思考時間不到一秒。

他立刻得知正確答案。

「——戻橋，拜託了！」

少女大喊。

在這個瞬間，門前腦中像走馬燈般想起某個情報。

這個少女的夥伴擁有操縱他人的能力。起動方式應該是「說謊」。自己剛剛說了謊嗎？不，應該沒有。時間不夠，沒辦法回想所有細節，不過「只能操作說謊的對象」這樣的傳言有可能是錯誤的。如果條件是「聽見想要操作的對手聲音」或「讓對手聽到自己的聲音」呢？那支手機是不是開了免持聽筒功能？

男人在須臾之間做出結論，扣下霰彈槍的扳機。

瞄準的是手機。

子彈直擊手機，液晶螢幕被打碎。他不知道對方真正的異能是什麼，不過這個處理方式應該能夠防禦。

然而接下來，他才發覺到這一切都是計謀。

……糟糕，是虛招嗎？

沒錯，就和扔出手機是同樣的理由。

為的是要轉移他的警戒，製造空隙。

「可惡！」

他一邊裝填下一顆子彈，一邊移回視線。

然而他的視野遭到遮蔽。一塊黑布在他面前張開。

他理解到對方是把先前穿著的外套丟過來。不，也可能是這樣的異能，然而已經不重要了。這是狡猾的障眼術。

少女踏出步伐的聲音迴盪在昏暗的船體底層。門前扣下扳機。沒有聽到慘叫聲。打偏了嗎？沒有射中嗎？她從反方向跑出來了嗎？門前把槍口移向左側，看也不看又射出一發。這次他知道，子彈沒有射中。那一邊沒有人影。

他腦中閃過一個念頭：「她是抱著不惜被射中的決心，和外套一起衝過來嗎？」在察覺的瞬間，他看見了——少女伸出右手掌底的身影。

「——喝！」

持霰彈槍的男人丟開剩下一發子彈的M870，選擇空手迎擊。

這個女孩想必是用拳擊手阻擋防守的姿勢，守護上半身與臉部前進。即使被橡膠彈直擊也忍住哀號，的確相當難得，不過她的一隻手臂無疑已經麻痺，甚至有可能骨折。

她選擇以右手攻擊，因此子彈射中的是左手。門前以左手擋住最初的掌底攻擊，同時以右手攻擊。對手左手受傷了。攻擊一定能夠成功。

門前的想法完全正確。

只差了一點。

「咦？」

門前以左手紮實擋住少女的右手攻擊，並想要回以右邊的中高一本拳（註四），然而不知為何，他的姿勢突然崩潰，就好像失去了平衡感，或是突然暈船。

◆註四：中高一本拳——空手道的招式，握拳時將中指第二關節突起。

不對。

他是因為身體突然變得沉重，因而失去平衡。

拳頭劃過空中。

……糟糕，我會被老大和蕾娜罵……

「如果還活著的話」——他在心中補上這句話的瞬間，加上少女體重的掌底打在他的下巴上。形同逆襲的一擊，把門前直接打在地板上，撞擊聲迴盪在昏暗的空間。他應該不至於送命，不過頭蓋骨大概出現了裂痕。

船上的機艙恢復平靜。在依舊不變的機械運作聲中，摻雜著痛苦的喘息聲。她大概非常緊張吧。

「……呼、呼……請你別怪我……！」

少女想要用左手撿起外套，立刻因為疼痛而皺起眉頭。

「……手臂是不是又斷掉了……？」

門前聽到這樣的自言自語。

近看俯視自己的少女，沒想到五官滿端正的。

原來這麼可愛，早知道應該對她溫柔一點。男人懷著愚蠢的感想，失去意識。

勝負已定。

毫無疑問，是雙岡珠子的勝利。

++

「她說『贏了』。」戻橋東彌洋洋得意地說，但 TERIKO 依舊只是冷冷地簡短回應：

「這樣啊。」

珠子既然成功擊退對手，東彌也沒有必要乖乖聽從指示；然而他並不打算到這個地步才撤退。明知會有危險——不，是享受著危機——他仍要去見這艘船的主人談話。他已經下定這樣的決心。

是他自己決定的。

光是這個理由，就足以賭上性命。

「我知道了。」

TERIKO 接了電話，聽了一陣子，很快就結束通話。

接著她說：

「接下來你自己一個人去吧。」

「這麼說，要跟我賭的人不是妳嗎？」

「好像不是。他們說『有適當的人選』。」

「那麼下次再跟妳賭吧。」

「嗯，可以。不過也要下次見面時你還活著才行。」

「妳說的話真危險。」

賭棋師少女翠綠色的眼睛蘊含著悲傷的光芒，對他說：

「因為憑你的活法，應該不會長命。」

東彌笑著回應：

「之前也有綠眼珠的人跟我說過同樣的話。綠眼睛的人是不是都容易擔心啊？……不過啊，妳既然也是賭徒，應該知道人總有一天會死吧？」

「嗯。」

「總有一天一定會死。」

「我知道。人生是沒有意義的，所以我才認真地生活。你大概也一樣。」

認真地生活。

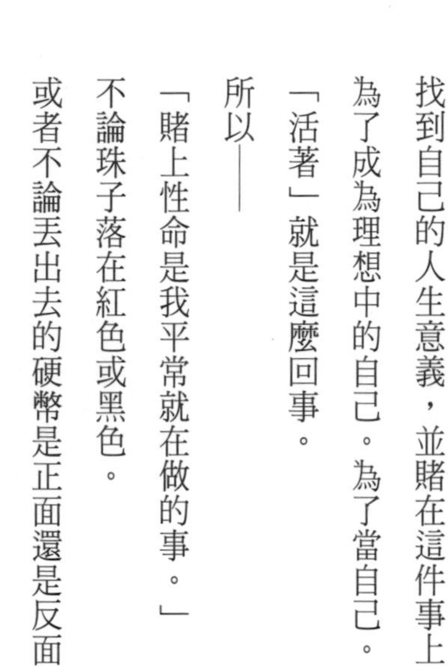

找到自己的人生意義，並賭在這件事上。

為了成為理想中的自己。為了當自己。

「活著」就是這麼回事。

所以——

「賭上性命是我平常就在做的事。」

不論珠子落在紅色或黑色。

或者不論丟出去的硬幣是正面還是反面。

選擇之後就無法重來。因為已經下注了。就算能夠改變，東彌也不會這麼做。對他來說，「賭」就是為自己的生活方式殉死，是和自己的衝動殉情。

愚蠢、無常而瘋狂——也因此才美麗。這就是賭徒的生活態度。

「你果然很奇怪。」

「嗯，常常有人這麼說。」

其他人一定會笑他是個傻子。

然而他的眼睛雖然與「正確」或「善良」無緣，卻非常美麗。

「怪不得你很強。因為你隨時都賭上性命。」

這是最後一句話。

賭徒少年走向前方，賭棋師少女則目送他的背影。

＋＋

東彌打開門，首先映入眼簾的是巨大的螢幕。

「歡迎光臨。」一名妙齡女郎恭敬地鞠躬。她的褐髮盤在頭上，魅力十足的身材感覺比較適合穿兔女郎服裝。她先前還在那張四號桌當荷官，或許是黑手黨的幹部階級。

狹窄的房間裡，帶領黑衣人的女人開口：

「歡迎光臨，『戻橋東彌』先生。」

「謝謝。呃……荷官小姐就是我的賭博對手嗎？」

「不，憑我的本事不敢僭越。詳情請詢問我們Sheol的老大，賈斯汀・班乃迪克特。」

她以尊貴的姿態一彈指，巨大的液晶螢幕就開始播放影像。

坐在豪華辦公桌後方的，是一名銀髮往後梳的男子。他比末練給東彌看過的照片更英俊，看起來相當年輕，大概四十歲左右。如果完全不知情，就算被介紹為「現在很紅的好萊塢明星」，或許也會相信。

他是這艘船的主人，也是被稱為「新加坡賭王」的黑手黨頭目。

賈斯汀．「幸運」．班乃迪克特。

『戻橋東彌，很高興見到你。抱歉從高處、而且是從遠方向你打招呼。』

「賭王先生，聽你這麼說，難道你不在附近嗎？」

『我在新加坡有一件無法抽身的工作。很遺憾，這班船明明有很重要的交易，再加上又聽說你要來，我非常想要見你……』

他的口吻顯得打心底感到遺憾。東彌試圖從中尋找內幕，看穿他的意圖。

班乃迪克特如果正確掌握東彌的能力，就會知道直接對話相當危險，一說謊就會被操縱。他會不會以為只要保持距離，東彌就無法發動能力？或者他本身也有異能，自認絕對能夠在對戰中獲勝？

班乃迪克特或許察覺到東彌在思考，愉快地笑著說：

『東彌，你在思考吧？你有一雙好眼睛。光看這雙眼睛，就知道你是個奇才。』

「……謝啦。」

『一般的賭徒應該無法勝任你的對手。必須要有一流技術，而且能夠拚上性命。不過我很幸運。我雖然無法與你對決，卻找到合適的人選。』

這時反方向的門打開，一名男子進入房間裡。

他的單眼有傷，嘴角裂開，還拖著腳走路。這不是在戰鬥中受的傷，而是遭受到拷問。東彌相當確信這一點。只要想想他的過去，就知道不會有錯。

沒錯。

因為正是戻橋東彌把對手逼入這樣的狀況。

『我來正式介紹吧。東彌，你的對手就是他——一之井貫太郎。』

「好久不見，臭小子。」

一之井貫太郎把戴在臉上的賽璐珞眼鏡丟到一旁，露出近似瘋狂的笑容。

世界是看不到終點的圓環，
無法控制的命運，就像是拋到空中的硬幣。

京都市。

這家串燒店位於府立鴨川公園南側的賀茂大橋旁邊，以價格親民卻能夠吃到京赤地雞和京野菜著稱，古民家風格的建築也受到好評，是不少名人也會造訪的名店。

在稍微深入店內的地方，一名男子坐在從店門口看不到的吧台座位。他看起來大概三十歲左右，但不知為何頭髮卻已全白，而且毫不隱藏難以形容的獨特氣質。

鳥邊野弦一郎一副理所當然的態度，喝著日本酒。

兩側的座位坐著那對髮型很特別的雙胞胎。兩人各自的挑染與雙馬尾染成同樣的色調，臉孔一模一樣。他們和睦地聊著漫無邊際的話題，用筷子夾起料理。

明明不可能出現在這種地方。

明明不應該存在。

「打擾了，教授——」

這時從裡面走出來的老店主詢問。

「教授，你的手機沒開嗎？剛剛接到電話，那個人說『如果教授在這裡，希望可以談一下』。」

弦一郎不知察覺到什麼，露出笑容回應：「很抱歉造成你的困擾。」

店主把這句話當成願意接電話，便暫時退到走廊布簾後方，然後拿著子機回來。

店主什麼都不知道。

他不知道這位大學教授常客，就是夏初發生的連續殺人事件幕後黑手，更不知道他身上有無數教唆犯罪的嫌疑，正被公安警察通緝。

他什麼都不知道，還以為好久不見的教授只是帶著親近的學生造訪這家店。

所以當電話打到店裡，他也只認為「大概是急事」，把聽筒交給弦一郎之後就立刻離開。這是因為他覺得不應該站在一旁聽。

包括店主在內，店裡的人可以說很幸運。

他們什麼都不知道，也不用被捲入麻煩。

「喂。」

『你是鳥邊野弦一郎先生沒錯吧？』

「沒錯，我就是鳥邊野弦一郎。」

問話的是女人——不，應該說是少女。這是沒有聽過的聲音。或許只是自己忘了，不過對於沒興趣的東西，也不可能加以區別。

他之所以決定老實回應，只是因為覺得「好像很有趣」而已。

「呵呵呵……我不打算跟連名字都不報上的人說話。基本上，就算不是我，碰到這種情況，也會要求對方報上名字吧？」

『很遺憾，我跟那孩子不一樣，對於在別人的主場比賽沒興趣。我不打算遵守你的規則。』

「那孩子？」

少女愉快地、或者應該說是得意地說：

『你應該記得不久前才打敗你的對手吧？』

原來如此，是跟他有關——弦一郎理解了。

她指的應該是那個有趣的少年，戻橋東彌。同族、同類——稱呼方式不重要，不過那樣的對手的確無法忘懷。

「你也真大膽，竟然在那種地方悠閒地享受晚餐。我知道你在幾天前才在池袋被目擊，發展為追逐劇，引起不小的騷動。不過那是你故意的吧？」

逃亡中的犯人出現在離家很遠的地方，當然會被認為是為了躲避調查員耳目而逃。

然而這正是陷阱。他故意反向利用這個常識，刻意留在離事件現場很近的街上。預期他會逃到國外而在各地機場埋伏監視的警察，等於是完全白費力氣。

日本有句諺語：「燭台底下往往是最幽暗的（比喻離得越近越難看清楚）」。說起來很簡單，但是如果沒有相當大的膽子，就不敢採用這種手段。更何況這家店是弦一郎常光顧的店，依照常識應該會最早被盯上。

不，他正是反過來利用這項常識。

或者是他相當確信這裡沒有公安？

「我不知道妳是那傢伙的朋友、夥伴還是情人，不過妳找我到底有什麼事？」

『我就單刀直入地問吧。「綠眼怪物」是什麼人物？』

弦一郎把只吃了一口的雞肉料理讓給雙胞胎，再次發出笑聲。

「……原來如此。那個少年和那傢伙搭乘同一艘船吧？希望不要成為死亡航行。」

『你如果不回答，就會先踏上通往陰間的道路。我完全不介意打一一〇報警。』

「呵呵。如果妳做出這樣的選擇，我的確有可能會死，但是妳也得不到情報。」

『所以你認為自己佔上風？你錯了。現在擁有決定權的不是你，而是我。我知道你是誰，也知道你在哪裡，可是你卻不知道我是誰，也不知道我在哪裡。只要稍微談談你的夥伴……不，應該說是同僚的消息，就可以減輕死亡的風險，應該不算是太差的交易吧？』

「的確。不過我無法保證妳會遵守承諾，也無法信任妳。畢竟就像妳說的，我連妳是誰都不知道。」

『我也不知道你談的內容正不正確，所以很公平吧？』

「既然不知道是不是真話，那就沒必要聽吧？」

『這就不對了。就算是謊言，也能從中得到一些資訊。你說了謊這件事，就是最重要的真相。表面的相反未必是反面。人類的確跟你想像的一樣愚蠢，這點我也同意，但是從毫無根據的傳言、或是隨之起舞的愚民，都能讀取到真相的片段。』

「的確如此。」

弦一郎表達同意，意味著結束口舌之戰。

「話雖如此，我也不知道那傢伙的事，甚至連名字都不知道。不過我想我應該理解那傢伙的本質。」

『這一點更重要吧。尤其是對於像他那種戰鬥方式的人。』

「呵呵呵……的確沒錯。」

弦一郎對正在吃料理的雙胞胎說「差不多要走了」，然後繼續說：

「一言以蔽之，那傢伙是隨處可見的人物。」

『你的意思是，行為雖然瘋狂，似乎背離一般人的常識，但是和那孩子一樣，精神特質非常普遍？』

「也可以這麼說。妳似乎和戻橋東彌交情很好，所以我這麼說妳應該會比較懂吧：那傢伙和戻橋東彌是同樣的存在，但是跟我卻屬於完全不同的人種。」

戻橋東彌和鳥邊弦一郎是同類。

然而「綠眼怪物」雖然與前者相似，卻與後者屬於不同種類。

提出疑問的是在一旁聽他們交談的雙胞胎。

「教授，這不是很奇怪嗎？」

「對呀。A約等於B，且B約等於C，那不就是A約等於C嗎？」

被稱為「惡魔」的弦一郎似乎也疼愛自己的學生，拿起放在吧台上的紙巾，開始在上面寫字。

他首先畫了很大的十字，在交叉處寫上0，在橫軸旁邊寫上x，在縱軸頂端寫上y。

這是在數學課本中看過無數次的圖形。

「你們在旁邊聽著……對了，在某處的某人，我不知道妳的年齡，不過妳懂函數嗎？」

『如果是多值函數或多元線性回歸之類的，我略懂一些。另外還有聖彼得堡悖論之類的。』

「呵呵，我講的是線性函數。」

線性函數就是以 y=ax+b 呈現的公式。

決定x的值之後，就能得到y數值的圖形，用幾乎等於是冒瀆數學家的粗糙方式說明，就是「直線」。即使沒有很懂，大概所有人都在數學課本上看過朝著右上或右下延伸的線條吧。

「線性函數常常出現『相似的圖』。為了讓程度很差的學生了解，我就用簡單易懂的方式說明吧。假設有往右上方延伸的直線和往右下方延伸的直線，乍看之下是不一樣的，但如果差別只在於a是不是負數，那麼圖形的角度是相同的。」

他畫了往右上延伸的線條與往右下延伸的線條，就像是在十字上畫叉叉一樣。

兩條直線剛好相反。

「另一方面，假設有x、y從零開始的兩條直線，雖然起點相同，不過視公式有可能一條坡度較緩、另一條較陡。另外也有起點不同、但性質卻相同的圖形存在。」

『問題在於要如何定義「相似」、「相同」吧？』

「沒錯。」

以此例來說，戻橋東彌和鳥邊野弦一郎的圖形角度相同，起點相異。在「順從自己的衝動生活」、「只滿足特定的瞬間」這方面兩人相同，但起點——亦即根基卻不同。

然而「綠眼怪物」卻是起點相同，傾斜度不同。

他們從同樣的根基開始，畫著同樣的死亡線，但前進方向卻完全不同。

「那傢伙是和戻橋東彌成對的存在，就像硬幣的表裡兩面。起點雖然相同，卻到達不同的地方，可以說是名符其實的『green-eyed monster（綠眼怪物）』。」

弦一郎對思考中的少女繼續說：

「感謝我吧。我說的都是真話。我不知道那個少年和『綠眼怪物』戰鬥時誰會贏，不過決定勝負的應該是傾斜度的差異，也就是到現階段之前的經驗差別。」

鳥邊野弦一郎說完就掛斷電話，接著說「買單」並離開座位。雙胞胎的份大概會理所當然地由他來出吧。

就像普通的大學教授。

就像短短幾個月前。

＋＋

就某種角度來看，戻橋東彌可以說是為了和「綠眼怪物」對決而上船。

然而出現在他面前的，卻是不同的怪物。

看到那彷彿完全沉浸於憎惡的眼睛，就知道他已經失去人類的心靈。單眼男人一之井貫太郎冀求的，是要向把自己推落深淵的少年復仇。他的心智可以說已經瘋狂。

換作常人，面對憎惡眼神與無數傷痕營造的壓迫感，大概根本無法站上對戰的舞台。

東彌露出笑容，以過度輕佻的語調說話。

他這個人也相當瘋狂，不會為了這點程度的事情畏懼。

「你丟掉眼鏡沒關係嗎？聽說你的眼睛不太好。在漫畫裡戴眼鏡的人物會在認真起來的時候丟開眼鏡，可是現實中不可能做那種事。不僅認真不起來，連眼睛都看不清楚了。」

「我是戴隱形眼鏡。多虧某個人，戴上的時間減半了。」

「少了一隻眼睛，當然只需要戴一邊的隱形眼鏡。」

男人笑了，少年也笑了。這是充滿瘋狂氣息的笑聲。

代打少女 TERIKO・汀絲里對他說過，「你之所以很強，是因為你總是賭上性命」。賭王賈斯丁・班乃迪克特則分析，「如果沒有拚上性命的決心，不可能當你的對手」。

也因此，一之井貫太郎應該是最適合當戻橋東彌對手的人物。

他和那時候不一樣。

既沒有大意，也不覺愉悅。

嚴肅而拚命——賭上自己的性命。

「很高興看到你們這麼要好。這樣才有救助貫太郎的意義。」

「哦？這個人就是你在佛沃雷的熟人嗎？」

「沒錯。不過我們也是朋友。既然他想要復仇，我也不吝於伸出援手。而且你們的對決一定會成為最棒的秀。」

「……果然是這麼回事。」

進入房間的瞬間，東彌就察覺到，這裡瀰漫著死亡的氣息。

黏附在地板和牆壁上的黑色汙漬大概是血跡，而且不是一兩個人打架的結果，而是無數的人在這裡受過傷。

沒錯，恐怕是「賭上了性命」。

「我聽說過這裡也有進行人口販賣，不過這項情報大概不太正確。這裡進行的應該不是一般人想像的人口販賣，像是把可愛的女生賣到色情行業、或是把健康男人當成新藥實驗品……之類的，而是讓欠錢的人來賭博吧？」

「沒錯。話說回來，講成人口販賣太難聽了，只是提供他們一夕致富的機會而已。」

不過如果是未練，大概就會這樣形容吧——班乃迪克特自顧自地表示理解。

東彌的推測沒錯。

在這艘船進行的「人口販賣」，就是賭上一生的賭博。讓欠債的人挑戰有生命危險的遊戲，並且轉播過程的影片。各相關團體的重鎮會預測哪一個債務人獲勝，或是單純觀賞哭號模樣來取樂。

這才是這艘船的內幕。

這是絕對不能被揭穿的地下演出。

「為了不讓你誤會，我得補充說明，我並沒有勉強他們去挑戰。在背負一輩子還不清的債務時，每個人的反應都不一樣。大多數的人即使要去舔別人的鞋子，也會選擇乖乖還錢，只有少部分的人會挑戰像這樣的賭博。」

「只要騙他們參加就行了吧？」

『我是賈斯丁・「幸運」・班乃迪克特。勝利女神不會對說謊的人微笑。我總是會說明風險。』

譬如有可能失去眼睛之類的——他抬起嘴角說。

在這裡的兩個賭徒雖然原因不同，不過單眼都失明了。考慮到這一點，這樣的舉例未免太過殘酷。

『而且還有別的問題。太無聊了。』

「太無聊？」

『沒有價值的半吊子傢伙即使賭上性命，仍舊沒有價值，看了也不會覺得有趣。不過事實上，相較於欠債者彼此對決的機會，像我們這樣的組織之間賭上利權對決的機會比較多。』

「哦……不論如何，你們都是在隔岸觀火吧？」

『不對。姑且不論其他人，我自己也會扣扳機。剛好在今年春天，我和跟你年紀差不多的男人對決過。』

賈斯汀・班乃迪克特是熱愛賭博的危險男人。

這個評價就雙重意義來說是正確的。他既是「愛好賭博又危險的男人」，同時也是「愛好賭博到危險程度的男人」。他說非常想要對決，大概也是真心話吧。

他也是那種可以毫不在乎地賭上性命的人。

「班乃迪克特先生，閒聊就到此為止吧。」

一之井插嘴。

「我很感謝您安排這樣的機會，可是我面對仇敵，沒有耐心悠閒地談笑。我原本想要立刻把他掐死。」

『真抱歉。回歸正題吧。』

賭王說了聲「去做準備」，幾名黑衣人便離開房間。

接著他開始說明要賭的東西與對決內容。

『貫太郎、還有東彌，我要正式歡迎你們。我聽說你們之間有過節，而且兩人都想要得到我擁有的檔案片段。另一個片段我也從諾蕾姆那裡拿到了。她的說法是，「兩個片段在一起比較好交易。」』

「也就是說……勝方可以得到這兩個片段？」

『嗯。我聽說阿巴頓的人也會來，不過很遺憾還沒看到。你們兩個當中贏的人再去跟他們交涉吧。當然也可以留在自己的組織中加以利用。』

接著他又說：

『我先告訴你們，我們提供的遊戲是『六支式俄羅斯輪盤』。雖然不是殊死戰，但是仍舊是賭上性命的對決。』

並不是一定要殺死對方才能生還。

不過即使有人死亡也不奇怪。抱著殺死對方的打算來挑戰會比較容易贏。這就是這樣的遊戲。

『貫太郎，你當然會參加吧？』

「……當然了。我是為了殺死這傢伙才上這艘船的。事實上，我也盤算著，只要拿到檔案，就可以把先前的失敗一筆勾銷。」

『也好。現在問題在於——東彌，你應該聽說過，我非常希望能夠看到你的戰鬥，不過那是我個人的心願。只為了『我想要看』就強迫你賭博，是沒有道理的。』

「賭王先生，你雖然是黑手黨，說的話卻滿正確的。」

『我雖然是犯罪組織的老大，但更是一名賭徒……話說先前你的搭檔做出可疑的行動，所以我才出了『你接受挑戰就放過她』的條件，可是因為門前那個笨蛋輸了，所以我方失去了可提供的條件。對我來說是不幸，不過對你來說應該算是幸運。』

東彌方面並不希望搭檔的努力被簡單的「幸運」一詞帶過，但是他做出結論，把它當作是認知差異。

班乃迪克特是把一切都當成運氣的人。他認為不論什麼樣的事情，擁有實力與人脈是前提，但最後還是有可能因為幸運女神的偏袒而泡湯。這是很符合賭徒本色的想法。

東彌說：

「不能把『安全下船』當成條件嗎？」

『不行。因為那是理所當然的。就算是情報機關的刺客，只要持有船票就是正式的客人。要是把客人丟到海裡的事傳出去，我的名聲就會掃地。我們不打算動手……除非你們引起不當的騷動。』

譬如殺害乘客，或是強奪交易的物品。只要不做這種明顯可以看作是敵對的行為，就不會有事。

對於東彌來說是特別的條件，但是對於班乃迪克特來說卻是理所當然。

就如末練說過的，這艘船雖然違法，但是卻獲得國家的默許。如果只是因為「警察的人來了」就施加暴力，會產生不必要的摩擦。也因此，雖然不會疏於戒備，但只要他們沒有實際採取行動，就不會、也不能對他們下手。

因為是敵人就要對戰、殺死對方——像這樣單純的公式其實很少發生。組織要隨時放眼將來，尋找妥協點，卻又設法讓自己佔得優勢。

『即使如此，這次的對決如果不能實現也很可惜。』

「不能實現的話，就只是由我來殺死對手。」

『如果你這麼做，接下來就會由我們來殺死你。貫太郎，他對你來說是仇人，對我來說卻是客人。』

雖然聽起來像是開玩笑，對談的雙方卻都是認真的。

其中沒有任何謊言。如果無法實現對決，一之井就會殺死東彌，而如果東彌被殺，Sheol想必會解決掉一之井。這裡是Sheol的勢力範圍，不容許擅自殺人。即使會發展為和魔眼犯罪結社「佛沃雷」的抗爭也一樣。

輕易製造事端不是上策，另一方面如果一直遵從對手要求，也會被逮住弱點得寸進尺。正因為是孤立者，更要守住面子。

『東彌，事情就是這樣。如果我提出某項條件，你是不是就願意接受挑戰呢？』

對於這個問題，東彌笑著回應：

「我什麼都不需要。畢竟可以安全下船，贏了還能得到檔案，小珠也沒事，沒什麼好抱怨的。當然也要賭王真的遵守承諾才行。」

『如果我說謊，你可以拿手槍轟爛我的頭也沒關係。』

「……這是你說的喔？」

他果然還是沒有說謊。

由於他們是在對話，因此也不可能像鳥邊野弦一郎那次一樣，利用錄音或錄影。當然也可能是他具有使東彌的異能失效的方式（譬如班乃迪克特本人也擁有同系統的能力，因此東彌的能力不容易對他產生效果），不過去思考這種事也沒用。

至少他說的話不是謊言，而且從這個男人的性格來看，應該也不至於違反承諾。東彌如此判斷他的特性。如果是和自己屬於同類型的人，一定會排斥在對決時說謊。

「我早就知道小珠沒事，可是還是來到這裡，是因為想要得到C檔案相關的情報。現在這個目的也達成了。」

『那麼要不要無意義地來賭性命？有時候衝向毀滅也滿有趣的。』

「這項提議很有魅力，但是我也是個貪婪的人，如果可以提出條件的話，我想要拜託一件事。」

「什麼事？」

東彌說：

「在二十一點詐賭的那些人——我希望他們也能夠安全離開。他們應該被關在某個地方吧？」

在這個瞬間，賈斯汀．班乃迪克特首度出現動搖的神情。

他皺起眉頭，思考東彌說這句話到底有什麼用意。

「……我本來就只打算給予拔掉指甲程度的懲罰就釋放他們，所以接受這項要求也沒關係……不過你提出這樣的條件，自己能夠得到什麼好處？」

「沒有。我只是無意義地想要救他們。就跟無意義地捨棄生命一樣。」

「你該不會是個好人吧？」

這大概就是代表同意的信號吧。

賭上檔案的遊戲——「六支式俄羅斯輪盤」。

戻橋東彌和一之井貫太郎即將賭上性命對決。

＋＋

當未練差不多準備離開房間而疊起棉被的時候，音羽再度聯絡。

『我來到您傳送的地點，但是沒有看到她……只有一名男子倒在地上。附近的地面上還有霰彈槍和壞掉的手機。』

「辛苦了。倒在地上的應該是門前。可以不用管他，不過你要救他也沒關係。」

『不用我救他，Sheol 的人應該也會很快就來這裡。我要離開了。』

未練一邊從冰箱拿出兩公升的水，一邊回應：

「我知道了。雙岡既然不在那裡，應該也沒事。我會先重新取得位置資訊再傳給大家，不過不需要去看情況。你要去看也可以，不過要以原本的任務優先。」

『好的。』

「我也該走了。有緊急狀況的話，就打那支電話號碼。」

結束通話之後，未練背起肩背式的公事包，然後喝了一口寶特瓶中的水。

就在下一個瞬間——

不知為什麼，窗戶旁邊的嵌入式窗戶突然破碎，玻璃片飛散，強烈的晚風吹進來。如果被外人看到，一定會誤會是發生了事件。

然而未練卻很冷靜地朝著通風變得良好的窗戶，接連下手機和平板電腦等。取出來的SD和SIM卡也依序被折斷並丟到外面。筆記型電腦則在電源打開的狀態被丟出去。

椥辻未練把剩下的最後一支智慧型手機放入西裝口袋，關上電燈，然後離開房間。

＋＋

戻橋東彌和一之井貫太郎被帶到更裡面的房間。

先前談話的房間在設計圖上位於貨艙部位，而現在來到的這個地方看起來完全就是倉庫。在燈光之下，矗立著一排排高達天花板的鐵架。有看起來很昂貴的陶器，也有新品撲克牌，另外也有看似私人物品的漫畫，以及和垃圾沒有兩樣的舊衣，大概是船上的人任意放置自己的東西。

牆邊有備用的清掃用具，或許又因為兼作休憩室，因此放置著折疊起來的桌球台，牆上也插著飛鏢。

要不是天花板上有監視攝影機與擴音器，或許會以為這裡是普通的倉庫。

『——那麼就開始說明六支式俄羅斯輪盤的玩法吧。』

班乃迪克特的聲音傳來。

『你們兩個應該不會不知道什麼是俄羅斯輪盤吧？』

「我當然知道。就是在轉輪手槍裝一顆子彈，任意轉動彈巢，然後輪流扣下扳機的遊戲吧？」

「……這是你最喜歡的賭博吧，班乃迪克特先生？」

對於兩人的回答，班乃迪克特滿意地說：

『很好。就如貫太郎所說的，我很喜歡俄羅斯輪盤，不過那個遊戲有九成九是靠運氣。雖然也有人能夠憑神級的感覺能力察覺到子彈射出來的時機……不過那是很罕見的。我玩過五次，自認每一次都是憑運氣獲勝的。』

班乃迪克特輕描淡寫地說出驚人的話語。

俄羅斯輪盤是聽天由命、考驗當下運氣的遊戲。

這或許是最接近原始賭博的型態。心理作戰的要素等都不足為道，只有微薄的影響。

這個遊戲只是在決定「誰要迎接死亡的命運」。

然而這樣也有問題。看的人會覺得很無聊。

既沒有高度的心理戰術，也看不到賭博師卓越的能力。如果只是讓欠債者彼此對決、觀賞他們悲歎痛苦的模樣倒還好，但是如果是組織之間要拿來賭土地權利書或勢力範圍，未免太依靠運氣了。

隔著螢幕看的贊助者也會覺得無聊。他們不能賭「誰會贏」。不，雖然能賭，但是卻沒有賠率。因為這個遊戲全憑運氣。

也因此，經營賭場、首領又愛好賭博的 Sheol 設計了獨創的遊戲，用來進行對決。這次的「六支式俄羅斯輪盤」也是其中之一。

『在六支式俄羅斯輪盤中，一人會拿到六支槍，總共使用十二支槍。』

在宣告的同時，組織成員推著推車出來。兩台推車上都放著看似火繩槍的槍枝。

這是燧發式的滑膛槍，擊鎚處於待擊狀態，只要扣下扳機，擊鎚落下，在火藥池製造火花，傳達到內部的火藥，就可以發射鉛彈。

『你們會各自拿到六支滑膛槍。聽到蜂鳴器的聲音，就表示開始。最初的三分鐘，你們要把各自拿到的槍藏在倉庫裡。三分鐘過後，遊戲開始，只要把對手攻擊到無法繼續戰鬥就贏了。』

即使殺掉也沒關係——他補充了一句，接著繼續說：

『不過六支槍當中，只有三支裡面有子彈，剩下三支既沒有火藥，也沒有子彈。我會預先告訴你們六支槍當中哪幾支有子彈。』

「也就是說……把有子彈的槍藏起來、不讓對方找到，然後等遊戲開始就拿那些槍來射擊？」

『沒錯。』

滑膛槍的子彈用完之後過了三分鐘，就會判斷無法分出勝負，遊戲就算平手。以這次的情況來說，C檔案的片段剛好有兩份，因此戻橋東彌和一之井貫太郎會各自得到一份。

這就是這個「六支式俄羅斯輪盤」的規則。

雖然號稱是俄羅斯輪盤，實際內容卻與名稱差很遠。「不知道哪一支槍能夠射出子彈」這一點和原本設定相近，但是這個遊戲進行的是心理戰和射擊戰。也就是說，彼此要互相猜測「放入實彈的槍藏在哪裡」，同時也要較量射擊子彈的技術。

『有什麼問題嗎？』

「我有幾個問題。」

『什麼問題，東彌？』

「遊戲中可以搶奪對手的槍吧？」

『當然了。這正是趣味所在。搶奪的槍不知道能不能射出子彈。想要悠閒地檢查裡面也可以，不過大概會死掉，所以不建議。』

「我知道了。下一個問題，要怎麼判斷無法繼續戰鬥？」

『數到十。如果被認為死亡或暈倒，就會從擴音器呼喚名字；十秒之內沒有回應，就判定無法繼續進行遊戲。』

反過來說，也可以「最多裝死九秒」。就像倒下的拳擊手休息到快要數完之前。然而這項遊戲即使在對手倒下時也能攻擊。因為可以殺死暈倒的對手，因此除非是逼不得已的狀況，否則最好也不要裝死。

「倉庫裡的東西也可以使用嗎？」

『可以自由使用。把東西放在這裡的傢伙，都有東西被破壞的心理準備。不過你最好不要以為隨處找都可以找到武器，頂多會有玻璃而已。就算要拿那裡的拖把對打也沒關係。』

「我也有問題要問。」

這次輪到一之井舉手。

「剛剛提到要在一開始的三分鐘內藏起槍，是兩個人同時進行嗎？」

『沒錯。』

「那只要盯著對手，不就知道藏在哪裡了嗎？」

『的確。不過在三分鐘這一階段禁止移動槍，不用說也禁止暴力行為。事前也會檢查你們身上有沒有武器。』

他又補充說明，採取「跟在對手後面」的戰術時，對手固然會因為藏匿地點被知道而無法藏匿，另一方面因為自己也在對手看得見的範圍之內，因此自己也沒辦法藏匿。這項戰術有利有弊。

「有沒有不藏起來的選項？可以不藏起來，一直拿著走嗎？」

『也可以。大多數人會在持有一、兩支槍的狀態開始遊戲。』

「如果對手什麼都沒有拿，就不用擔心被射中了。」

這就是第一個心理戰。

對方拿的槍到底有沒有子彈？如果沒有子彈，就只是普通的棒子，但如果在斷定沒有子彈的瞬間被射中，那就太慘不忍睹了。

「我想確認最後一點：子彈用完之後過了三分鐘才平手——在這段期間，我可以打死這小子吧？」

一之井以充滿憎惡的眼神瞪著東彌詢問。

彷彿要說那才是他想要的。

『那也沒關係。一開始就不用槍、要彼此扭打也沒關係。』

沒錯。

這正是在這場賭博中，對東彌最不利的一點。

在六支式俄羅斯羅盤當中，最終有可能演變為互毆的戰鬥。即使順利拿到槍，也可能無法射中。更何況拿的不是最新型的槍，而是滑膛槍，命中率更不可靠。

對於體能與格鬥技術優異的人來說，會去想「如何防禦對手的槍擊，發展到肉搏戰」；對於戰鬥經驗較少的人則剛好相反，想的是「如何用只有三發的子彈射中對手」。

雖然只是戰術的一例，但理論上可以這麼說。

「賭王先生，我想順便問一下，可以使用能力嗎？」

『隨便。你們兩個自行決定就行了。』

「我都可以。你呢？」東彌問。

「我打算使用。」

東彌笑了。

「哦，說得也對。賭博先生的能力是透視吧？也就是說，你沒有自信在純粹的推理中戰勝我。」

「上次利用超能力突襲獲勝的人，沒資格說大話。你絕對沒有勝算。」

「沒有眼睛(註五)這點倒是彼此彼此。」

「呵呵。」

「哈哈哈。」

笑。嘲笑。譏笑。

此刻在這個空間中瀰漫著瘋狂的氣息。

對決內容與挑戰者，都難以想像是正常的。也因此才會試探到身為賭徒的資質——賭上性命的人存在的方式，以及他們的宿命。

『那就開始吧。蕾娜，拜託妳了。』

女幹部站到兩人之間，誇張地鞠躬，然後宣告開始。

『——賭的內容就如先前所述。兩位，現在宣告比賽開始。』

在這個瞬間，有某樣東西干涉戻橋東彌。

他沒有時間判斷那是什麼東西，比賽就開始了。

✢✢

珠子按著手臂走上樓梯。

……我得找地方躲起來，撐過這段時間才行！

珠子仍舊不知道，東彌和班乃迪克特之間已經確認過「可以安全下船」這一點。他也不知道，那個少年又在挑戰荒謬至極的賭博。

那名少女站在樓梯間。

綠眼如妖精翅膀般透明而美麗，然而卻給人詭異感，或許是因為她是死神吧。

「妳好。」

她是諾蕾姆。

珠子並不知道她是誰。

◆註五：沒有眼睛——日文的勝算是「勝ち目」，因此東彌說了眼睛（日文：目）的雙關語。

然而珠子立刻察覺到，她與事件有關。

「雙岡珠子小姐，這是最後的忠告。請妳下船。」

「……咦？妳怎麼知道我的名字？」

難不成她就是「綠眼怪物」？珠子雖然這麼想，但諾蕾姆不給她發問的時間就跑走了。

珠子的搭檔戻橋東彌沒有聯絡，上司桝辻未練的電話也打不通。「到底發生什麼事了？」珠子試圖思考，卻想不出答案。

在她不知不覺當中，事情逐漸發展。

++

東彌瞬間理解一切，開始行動。對方的腳即使留有後遺症，體能方面東彌應該還是輸給對方。要做的事有很多。

他詢問推推車進來的黑衣人哪一把槍有裝子彈，接著拿了兩支槍就開始奔跑，並以眼角觀察一之井的方向。他在一開始的選擇似乎跟東彌一樣，拿著滑膛槍開始走。

東彌邊考慮尋找地點，邊敏銳地觀察有沒有可用之物，同時在腦中思索。

……這種突兀感來自哪裡？那位荷官也是超能力者，而且恐怕是「使人遵守遊戲規則」之類的。

沒錯，被干涉的是戻橋東彌這個人的根基部分。他覺得好像被戴上枷鎖。不，應該說是實際被裝上。一之井貫太郎、或者是賈斯汀．班乃迪克特為首的全體黑手黨成員都一樣。

如果因為是賭場員工就擁有管理賭博的能力，雖然簡便卻很好理解。

此外，他也理解到另一件事。

……關於 Sheol 這個黑手黨，那位知識淵博的監察官先生也沒有提到很多，也有很多真由美調查之後也不知道的事情。就算有那樣的超能力者，也是很正常的。

沒錯，使用那個叫蕾娜的荷官的能力，可以輕易封住別人的口。只要在對決時加上「這次得知的內容不能對外說出去」的條件就可以了。不只是她的能力本身，也包括像這種脫離常軌的賭博內容，以及關於班乃迪克特的核心部分。

雖然僅限於贏得比賽的情況，不過這是無敵的情報隱匿方式。

……搞不好連監察官也輸過，承受不能說出情報的制約。

不，此刻先別去想這個問題。現在必須思考的是別的事。一個是關於這場賭博的挑戰方式，另一個是各方勢力對C檔案採取的動作。

先來整理看看。

班乃迪克特拿到一份檔案，但是考量到風險，決定不要由自己的組織使用，而要賣給其他人。獲選成為交易場地的，就是這艘船。

佛沃雷企圖得到班乃迪克特的檔案。如果自己拿到兩份，剩下一份從CIRO－S奪取，那也很好。要是阿巴頓集團等某個組織以高價收購兩份，那也很好。

公安及內閣情報調查室察覺到他們的動作。未練採取的方案是「讓戻橋東彌和雙岡珠子佯攻，由專業的情報員奪取檔案」，「方案如果失敗，就由在香港待機的部隊鎮壓。」

然而現在發生了什麼事？

諾蕾姆宣稱檔案已經交給班乃迪克特。她的理由是「兩份在一起比較好交易」，不過難得自己擁有一份，東彌無法理解她出讓的意思。難道是訂立了「交涉方面委託班乃迪克特，自己則領取幾成的利益」這樣的契約？

不，先前R大學的事件發生時，檔案片段應該在鳥邊野弦一郎的身上，為什麼跑到諾蕾姆手中？是弦一郎交給她保管的嗎？或者是她奪取的？有鑑於佛沃雷「沒有規則」的特性，大概不會得到答案。

一之井貫太郎的動作也是個謎。他等候著對東彌復仇的機會，理解到現在正是時機，然而他和佛沃雷看起來是以不同的意圖在行動。因為失敗導致被拷問，為了挽回而要尋找檔案……大概就像這樣吧。

最重要的是，沒有阿巴頓的人過來。其他組織可以理解為畏懼阿巴頓與佛沃雷的衝突，因此沒有舉手，但原本的持有人不採取行動，就很不自然了。是已經放棄C檔案了嗎？或者果然一如推測，資料的正本在總公司，因此判斷「名單既然在手中，就不需要勉強得到被分割的檔案」，「只要無法收齊三份就無法解析，因此對自己有利」嗎？

班乃迪克特的動作比較容易猜測。他打算把檔案賣給佛沃雷或阿巴頓，但是阿巴頓的人沒有來。既然其他組織沒有要求，就只能賣給佛沃雷，如此一來就會被殺價。既然如此，他打算把「檔案交易」本身當成娛樂，獲取利益。這就是這場「六支式俄羅斯輪盤」。

然而佛沃雷接受嗎？他們即使主張「買主只有我們，所以要賣給我們」也不奇怪。還是他們把交涉過程委託給班乃迪克特，因此無法干涉？

或者——對佛沃雷來說，「C檔案」本身已經失去價值？

……不論如何，現在必須獲勝才行。

首先要度過眼前的難關。戻橋東彌下定決心，撿起掉在地上的玻璃碎片。

＋＋

一之井貫太郎感到佩服。

……原本覺得為什麼要用滑膛槍這種老古董，不過原來是為了要封印「隨身攜帶裝了子彈的槍」這樣的戰法。

如果像原本的俄羅斯輪盤，使用轉輪式手槍進行，一之井一定會毫不猶豫地帶著裝入實彈的三支槍。然而這種槍就無法這麼做了。滑膛槍的長度足以當拐杖使用，如果要帶在身上，就會相當笨重。

首先，這是需要雙手持槍射擊的武器，要是夾在腋下，發現敵人也無法立即開槍，必須先丟下兩支槍、舉起一支槍。如果悠閒地做那種事，就會被對手先開槍。

話說回來，也不能單手操作槍。這個時代的步槍和現在相比，命中率非常差，即使雙手持槍，仍舊很不可靠，單手更是不可能射中。

如果是「把槍口貼在倒地的對手眉間」的狀態，當然會確實命中，但是要把對手逼到這樣的狀態，帶著槍仍舊會礙事。

也因此，攜帶的槍只有一支。

最多也只能帶兩支。

……那傢伙的運動能力應該很弱。憑自己的腳要追逐很辛苦，不過如果是互毆，就能獲勝。

另外還有異能的特性。

現在和當時不同，雙方都知道彼此的能力。

一之井當然不打算說謊。不只是為了預防東彌的能力，也因為現在並不是需要說謊的情境。如果自己的體能較差，也會需要利用「這把槍裡面有裝子彈」之類的心理戰，不過如果是單純的廝殺，對自己比較有利。

「想要說大話的應該是對手才對。」然而東彌因為能力的代價無法說謊，很難發動利用語言的心理戰。

相反地，一之井的能力則很有利。他的能力是透視。這個遊戲的關鍵是「不知道哪支槍裝有子彈」，一之井卻能知道。因為無法透視到幾十公尺前方，因此無從得知面對面站著的對手槍中有沒有子彈，不過要是近到彼此纏鬥的距離，就能夠透視成功。找到藏起來的槍時，也不用邊祈禱會有子彈邊扣扳機，只要透視就知道有沒有裝子彈了。

他的代價則是近視變得嚴重，單眼也被挖出來，不過只要戴上隱形眼鏡，就能毫無阻礙地戰鬥。而且和眼鏡不同，不會因為突然遭受毆打而掉落。

這一點東彌應該也很清楚才對。

那麼他為什麼要吞下「可以使用能力」的規則？

……和當時一樣嗎？

沒錯，當時也是一樣。

那是一之井在自己的賭場遇到東彌的時候。遊戲規則壓倒性地對一之井有利，但實際上卻不一樣。少年心中已經擬定贏的策略，而一之井正好掉入陷阱。

就這樣他遭到各交易對象的追緝，被黑道幫派捉住，嘴巴被刀子割開，腳也被打廢，還因為「視力相關超能力者的眼珠子應該可以賣到高價」這種純粹出於興趣的理由，而被挖掉右眼。要不是得到諾蕾姆相救，內臟應該都被賣光了。

一旦回想，他就因憤怒而幾乎發狂。他拚命壓抑憎惡，轉換為驅動自己前進的能量。要憎惡沒關係，但是不能失去冷靜，否則就會落得跟上次一樣的下場。

……在說明規則的階段，有獲勝的自信嗎？

他沒有足夠的時間找到正確答案。

蜂鳴器再度響起。

廝殺開始了。

＋＋

在位於新加坡的摩天大樓的一間房間，豪華的桌上並排放置著兩台螢幕。一台映出在倉庫內活動的兩名賭徒，另一台則映出觀賞這場遊戲的相關人士的賭金。

七比三，一之井比較受歡迎。知道一之井超能力的人都會賭他。即使沒有超能力，光憑戰鬥能力也以他比較有利。選擇東彌的人或許是基於他對佛沃雷的戰果，不過其中大概沒有多少人知道「具體來說要如何獲勝」。

「尼可拉斯！」班乃迪克特呼喚一旁的高大男子。「你怎麼看？」

「…我只能說些很普通的評論。」

「說來聽聽。」

「『六支式俄羅斯輪盤』通常會有兩種比賽發展模式，第一種是彼此設下陷阱、屏住氣息四處移動的遭遇戰，另一種則是優異的格鬥技術較量。」

沒錯。

擅於肉搏戰的人往往不會依靠滑膛槍，認定憑自己的武術戰鬥比較有利。即使有槍，子彈也只有三發，只要讓對手失準三次，就會成為一般的近身格鬥。

班乃迪克特露出享受遊戲樂趣的孩童般的笑容，同意他的說法。

「沒錯。我記得是赤羽黨的……『夢』吧？她來的那次實在是太棒了。對戰雙方都是劍術與棍術的達人，所以滑膛槍被拿來當成一般的近身武器使用。」

「這次不會發生這種事。一之井先生雖然曾經待在黑社會，但是他不是戰鬥人員，應該會演變為遭遇戰。」

就在高大男子說完的時候——

螢幕的影像中開始發生未曾預期的狀況。

班乃迪克特瞪大眼睛。「他怎麼會想出這種手段？」這種策略不可能會被想出來。或者應該說，即使想到也不會實行。對手不可能會發覺到。

實在是太瘋狂了。

＋＋

在「開始」的蜂鳴器響起的同時，槍聲響起。

一之井立即蹲低並躲起來。「這麼快就發動攻擊了嗎？」然而事實並非如此。滑膛槍不是對準他射擊，而是射向天花板。

正確地說，是射向天花板上的日光燈。

……只為了熄滅燈光，就用掉僅僅三發子彈當中的一發？

作為對決舞台的倉庫大約有兩座網球場大，照明當然也不是只有一盞。壞掉的是把倉庫天花板畫為六區、以左上方為起點畫Z字型的順序數來第三區的燈。

一之井躲在第四區，也就是下段最左邊，因此剛好位於對角線上。

……那裡的燈被破壞，代表那傢伙也在那裡。

然而一之井不會笨到立刻跑出去。如果無法判斷東彌的意圖，就會跟上次一樣中他的計，遭受一面倒的攻擊。

一之井思索著熄燈的意義，以及朝天花板開槍的意義。

……在採取行動引誘我出去的同時，也想要確認射擊精準度嗎……？

滑膛槍的可靠性很低，完全無法與現代的槍相較。外行人要射中本來就很難。既然如此，先射擊一發確認彈著點與瞄準目標有多少落差，或許也是有效的手段。

然而那樣的手段是在可以射好幾發的情況下才能使用，不應該使用在只有三發子彈的這場對決中。

如果演變成互毆，一之井更為有利。東彌絕對必須射中子彈。即使如此，這仍舊是極為大膽的選擇，甚至可以說是愚蠢。如果是一之井，就會選擇「設法讓對方倒下，近距離開槍」。

一之井拿著兩支槍，開始移動。

他從下段的左邊移動到右邊，絲毫不放鬆警戒，尤其是腳邊。

倉庫裡的東西可以自由使用，那麼也可以製作簡易的陷阱，而那名少年也可能想同樣的招式。只要有稍微長一點的繩子，就可以把對手絆倒。他也許打算趁那個機會開槍。

一之井心想，自己絕對不會中那種招。他壓抑憎惡的情緒，慎重地移動。

由於周圍有一排排鐵架，上面放置各式各樣的大量物品，因此也必須注意從上空掉下來的東西。只要有繩索狀的物品，也能輕易讓那些東西掉下來。如果對手一開始就放棄藏起槍，而是在尋找可以用來作為陷阱的道具呢？

這樣的懷疑在他從右下區的櫃子角落窺探右上區時，變得更為強烈。

右上區角落、剛好在壞掉的電燈下方有一片血跡，而且出血量似乎非常多，一直延伸到（從這邊看的）左邊。

……是受傷嗎？怎麼可能，一定是故意的。或許是想要利用血跡來誘導我的行動？

那麼如果乖乖朝著血跡的方向過去，就正中對手下懷。

不，如果連這一點都被猜到了呢？要是他預期我會繞到血跡後方，在那裡等候呢？

沒錯——戻橋東彌採取的是無言的心理戰。

＋＋

荷官兼女幹部的蕾娜盯著筆記型電腦中的戰況。

她的感想和上司相同。「這招太驚人了。」除了這樣說以外，沒有其他方式可形容。

這項策略如果成功，戻橋東彌一定會勝利。

然而如果失敗，就會被折磨致死。

「讓人無法移開目光……」

就在她喃喃自語的時候，智慧型手機開始震動。

由於正值精采的時刻，她啐了一聲，接起電話。

『喂，蕾娜小姐。』

「……你是愚蠢的門前吧？我知道你沒事，可以掛斷了嗎？」

『重要的不是我的情況！』

「什麼事這麼著急……」

門前接著說：

『機艙裡面死了兩個人——臉部都被砸爛了！』

++

珠子按著疼痛的手臂爬上階梯，來到自己房間所在的樓層。

她在途中沒有受到阻攔，可見黑手黨應該沒有急著在找她。那個拿霰彈槍的男人沒有聯絡夥伴嗎？如果是這樣的話，就可以稍微緩一口氣，不過因為不知道真相，所以也不能掉以輕心。

她無法聯絡上搭檔和上司。她不知道自己該做什麼，就算被追捕也沒有地方藏身。即便如此，既然什麼都不知道，也不能獨自逃跑。

在無計可施的狀況下，珠子選擇暫時先回到房間。「也許他會像什麼都沒發生一樣迎接我。」她心中懷著淡淡的期待。

就在此時，有個男人的聲音傳入珠子耳中。

「妳是雙岡珠子嗎？」

這聲音她不曾聽過。她做好再度戰鬥的準備回頭，看到外表相當獨特的男子站在那裡。

他留著 techno cut 髮型，戴著紫色墨鏡，看起來相當引人注目。珠子不知道這是最新流行、還是品味太差，不過可以確定的是，珠子認識的人當中沒有如此奇裝異服的人。

珠子格外加強警戒，男人則環顧四周，確認沒有人之後，小聲對她說：「我是椥辻未練監察官的部下。」

「你是主隊的人……？」

「噓，不要太大聲。被人聽到就糟了。」

「很抱歉……」

珠子聽說有專業的情報員潛入，原本以為是像前上司那種一看就像諜報人員的人，但是冷靜想想，像那樣具有威嚴的人應該不適合進行調查工作。

基本上，不可能會有「像情報員的情報員」存在。如果有那種人，那就太好笑了。誰都看得出是間諜的人，根本沒辦法從事間諜活動。

「……你為什麼知道我在這裡？」

珠子壓低聲音問，得到意外的回答。

「……是發信機傳送位置資訊給我的。妳有什麼頭緒嗎？那個人應該會找個巧妙的理由，把裝有發信機的東西交給妳吧？」

聽他這麼說，珠子就想到了。

在準備階段，和ＣＩＲＯ－Ｓ的證件一起配發的手機已經還給未練了。即使只是佯攻隊伍，也不希望因為安全檢查而被發現身分。不過未練又說，「也不能因為這樣就用自己的手機聯絡」，因此珠子領取了潛入調查用的新手機。

如果是為了預防這種狀況，而將附發信機的手機交給珠子，那就可以理解了。只是她會感到有些無法釋懷。

男人再次確認附近沒有人影，繼續說：

「很遺憾，我沒辦法證明自己是監察官的部下。所以妳就算要警戒也沒關係。不過至少聽我說完……妳也許不知道，船上發現乘客和船員的屍體。大概是『綠眼怪物』下的手。」

「……原來是這樣。」

這時珠子才理解持霰彈槍的男人快速的決斷。

「我要繼續執行工作。妳應該優先去和搭檔會合。我不知道『綠眼怪物』下手的目標，不過你們的長相已經被知道了，所以最好待在人多的地方，或是自己的房間……妳的房間在這個樓層嗎？」

「是的，就在附近。」

「那就待在房間吧。先躲在自己的房間裡，順利會合之後再聯絡監察官。」

「我知道了。」珠子說完，轉身準備離開。

雙岡珠子並不知道——不，她雖然有所警戒，但是卻沒有察覺到。

這也是難免的。男人說的內容幾乎都是事實，下達的指示也很妥當而可以理解。更何況又提到「綠眼怪物」這個明確易懂的敵人，讓珠子的注意力轉移到那裡。

也因此，有一瞬間她稍微鬆懈了。

「……咦……？」

沒錯。

當她突然發現脖子不知何時被套上鋼絲絞緊時，才發現自己犯了無法挽回的錯誤。

＋＋

一之井貫太郎決定直接去追蹤血跡。

他打算將計就計。

他從右下區前往右上區，亦即壞掉的電燈下方。他沒有聽到腳步聲。東彌不在附近嗎？或者是躲起來了？

就在這個瞬間。

櫃子另一邊有東西發出聲響倒下。

一之井毫不猶豫地舉起槍，扣下扳機。瞄準的是聲音的來源，也就是櫃子後方。

他的目標是射穿櫃子。

子彈明明射穿了，但卻沒有反應。「可惡，是幌子！」他立刻丟下用完的滑膛槍，取出剛好藏在附近櫃子的裝有子彈的槍。這一來子彈剩下兩發，雙方機會各半。

先前的聲音就算是某種力學裝置的陷阱，東彌應該也不會在遠方。他把沒有子彈的另一把槍也放在原處，跑向聲音來源。

……在這裡決定勝負吧！

射擊技術應該也是自己佔上風。彼此開槍之後，就是肉搏戰，對自己有利。他雙手持槍衝出去。

在那裡的是兩支倒下的滑膛槍。

東彌大概是把一支槍靠在櫃子，然後丟出另一支槍弄倒它發出聲音。這樣的裝置即使從遠處也能發動。

血跡中斷了。

一之井聽到跑步的聲音。

……在後面嗎？

他立刻轉身，槍口向前，沿著來時的路往回走。

戻橋東彌就在那裡，以壓低的姿勢衝過來。

「——戻橋東彌～～～！！！」

＋＋

「幸運」·班乃迪克特相信，決定勝負最重要的是運氣。

不論有多大的實力差異、準備得多麼充分，只要小小的偶然，就會改變勝負結果。譬如說，只是因為「大浪使得船身稍微傾斜」。

既然有運氣成分，賭博就沒有必勝法。

不過如果要找相近的東西，那就是「看破謊言的能力」。

「不論是什麼樣的賭博都一樣，要看對手的招數是虛、還是實。」

終極而論，就只有這樣而已。

以為對手的牌型很強，因為上當而棄牌；或者也有相反的情況，以為對手的牌型很弱，結果很強，導致損失慘重。不論是撲克、麻將、或是跟體能有關的賭博，大部分的對戰都是如此。

這一著的背後有什麼意圖？

或者只是純粹決定勝負的一著？

二選一。

謊言與真實，虛與實，表與裡。

只要能夠看穿假象、誇飾、虛招就行了。

為了看穿一個謊言，賭徒會投入全副精力。

他們會為自己的判斷、選擇賭上一切。

這就是賭博。

「……一之井，你發覺到了嗎？」

六支式俄羅斯輪盤也接近尾聲。這應該是最後的交手。

看著雙方動作的班乃迪克特等人明白，也能夠確信，勝負將在這裡決定。

他們知道。

「只要發覺到這是陷阱，就是你贏了。」

沒錯，只要知道那一點。

只要看穿那個謊言。

「……不論是什麼樣的對決，最後剩下的都只有一項事實。」

正面或反面。

就如拋到空中的硬幣不久就會得到結果，只有一項事實會留下來。

那就是勝利或敗北。

✢

他開了槍。

子彈飛過東彌頭部的正上方。沒有射中。

如果正常站立，應該會射中腹部才對。

對方衝上來準備擒抱。如果被撲倒，腿部有障礙的自己就會不利，也因此一之井想要迴避。然而他沒有必要反應。東彌的目標不是一之井。他像是要滾到地上一般、甚至幾乎是以倒下的動作與一之井擦身而過。

東彌的目標是一之井身旁的櫃子。

最下層放了一把滑膛槍。

兩人與槍的距離幾乎相同。一之井只要伸手，應該也可以拿到。

然而他沒有這麼做。

因為他理解，這是陷阱。

……既然在這個地點發動攻擊，這周邊應該會藏有某種機關……這種事我當然知道……我也知道這傢伙不會只做到「藏起槍」的程度！

沒錯。

槍枝是幌子，是虛招。如果伸出手、扣下扳機，一切就結束了。

——因為槍口塞了異物。

這是戻橋東彌首先做的事情。他在裝有子彈的槍當中挑了一支，在槍口塞入破布、玻璃碎片、紙箱碎片及普通垃圾等各種雜物。這麼做的目的，是要把裝有子彈的槍改變為一開槍就會爆炸的陷阱。

如果是普通的槍，塞入這些東西也沒有意義。子彈會正常發射出來，把東彌的頭蓋骨打碎。然而滑膛槍與現代的槍不同，沒有膛線。由於子彈加速不像現代的槍，射擊時的氣壓不足以推出垃圾，因此容易堵塞而引起爆炸。

即便如此，塞入的東西如果只是垃圾，子彈或許還是會發射出來。

但如果是有些硬度的東西，那又另當別論。

譬如說——如果是義眼又如何？

眼球尺寸是二十公釐左右。一般來說因為是用軟性材質製作，因此多少會變形。把這樣的東西塞入槍口會怎麼樣？絕對有可能會引發爆炸。一之井本人也少了一隻眼睛，因此非常清楚。

……一開始射擊的槍、加上會爆炸的槍，就有兩支。剩下的一支……

東彌朝著下層的槍伸出手。

不，不對。

是朝著更下面——藏在櫃子與地板之間的滑膛槍。

一之井連這一點都識破了。即使製作了會爆炸的槍，如果無法使對手扣下扳機，就不能成為決勝的一著。附近應該還藏有自己要射擊的槍。

他看穿了一切。

「拿到這把槍，我就贏了。」

他伸出手抓住槍，舉起來，把槍口指向仍舊趴在地上的少年臉孔。零距離。這是確實能夠射中的間距。

他扣下扳機。

然而——子彈沒有射出來。

「……啊？」

下一個瞬間，一之井的太陽穴被某樣東西毆打。

是滑膛槍。東彌以拉出槍的勁道直接毆打他。他感到疼痛，失去平衡感，來不及認清現狀，又被重擊下巴——兩次、三次。

一之井貫太郎幾乎看穿戻橋東彌的所有招式。

然而有兩點他沒有察覺。

「……可惡……」

第一，東彌在櫃子底下藏了兩支槍。

第一支槍被一之井奪走，但是在更裡面還有一支槍。這支槍沒有裝子彈，是為了拿來當作毆打的武器而藏起來的。

第二，東彌裝了子彈的槍當中，有兩支一開始就無法使用。

能夠射出子彈的，只有射擊照明器具的那支。剩下兩支當中，一支因為塞了異物而有爆炸的危險，另一支、也就是一之井最後抓住的那一支，因為火藥池潮溼而無法點燃。

滑膛槍在扣下扳機的同時，擊鎚落下，在火藥池產生火花，點燃槍枝內部的彈藥，就能發射子彈。也就是說，如果擊鎚打下去的部分到內部是溼的，子彈就無法發射。

遊戲一開始，東彌就撿起玻璃碎片，立刻割破自己的左手腕，利用流出來的血淋溼火藥，讓槍無法使用。

他之所以射擊電燈、留下血跡，都是為了避免被一之井看穿的對策。

觀戰的班乃迪克特等人會驚訝也是很正常的。

這名少年在遊戲一開始的時候，就完全捨棄槍枝作為槍的機能。

「一之井先生，請回答。一之井先生？……一、二、三、四……」

數數無情地開始。東彌擔心他會爬起來，想要多揍幾次，但還是算了。他曾害一之井遭到拷問，說這種話似乎不太適合，不過他並不打算殺死對手。

他站起來，用手帕替左手腕的傷口止血，然後喃喃說：

「……真的只差一點。不過你以為我會拿槍來對決，就已經輸了。我怎麼可能在槍擊戰當中贏你？」

東彌理所當然地說完，就離開倉庫。

「——這次對戰結果，勝利的是戻橋東彌先生。」

荷官在他的背後宣布。

＋＋

東彌從倉庫走出來，女荷官與一群黑衣人以掌聲迎接他。

「太精采了，戻橋東彌先生。」

「謝謝。不過如果規則稍微不一樣，我大概就輸了。」

「即使如此，今天的勝利仍舊屬於你。請接受獎品。」

東彌領取兩張磁片，收進懷裡。

不過他無法保證這是真正的檔案。

「請放心。那些無庸置疑是C檔案的片段。」

「哦，真的嗎？」

「我的能力是以荷官身分確保對決的雙方遵守規則……這項能力的制約是『參加者同意參加對決』，以及『己方也絕對不能破壞規則』。也因此，就這點來說，我和你一樣無法說謊。」

「這樣啊。這種事說出來沒關係嗎？」

「這是你提供有趣對決的微薄禮物，請不要在意。反倒是——」

蕾娜垂下視線，繼續說：

「目前因為有些忙亂……沒辦法好好招待勝利者，非常抱歉。請自行回到自己的房間吧。」

「……發生什麼事了？」

「在機艙又發現屍體了。」

該不會是——

就在這個瞬間，震耳欲聾的爆破聲傳來。

在此同時，船身劇烈搖晃。

接著戻橋東彌理解了一切，抓起放在一旁的公事包，拔腿奔跑。

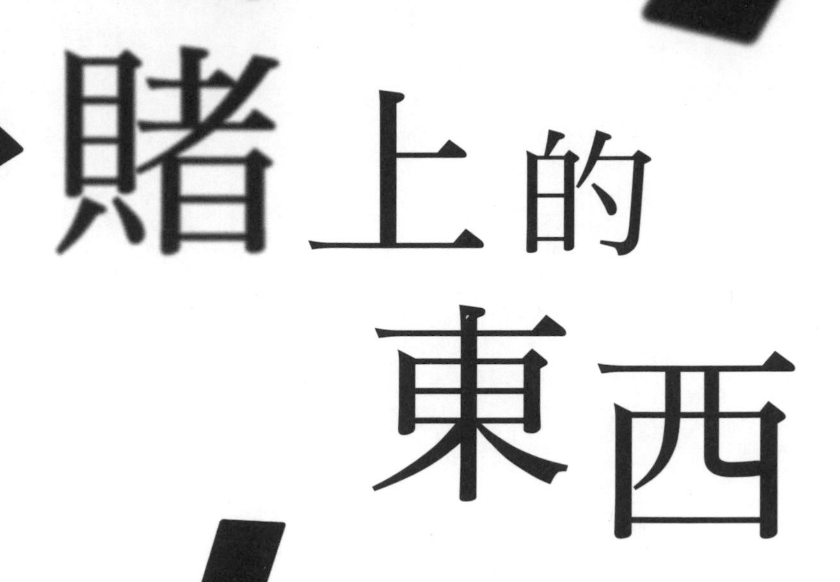

即使前進的方向是破滅，其意志仍舊無法被奪走，
即使在死亡線上，也要笑著跳舞，
為了成為前所未見的自己。
拚上性命，
賭上性命。

船內陷入嚴重的混亂。

「有東西爆炸了！」「船要沉了！」在眾人的尖叫聲中，東彌氣喘吁吁地奔跑。他感覺到船身正在傾斜。

然而他不在乎這種事。

「我怎麼會這麼笨……！」

他為自己的愚蠢感到生氣。他氣自己竟然沒有發覺。

椥辻未練說過，「我的目的是要永遠葬送檔案」。「你們只要在船上就可以了。甚至只要傳出你們在船上的情報，即使不在船上也沒關係」。「如果對象是阿巴頓，還有可能進行交涉」。

與未練有聯繫的諾蕾姆也提出忠告。

快下船，否則就會死。

而阿巴頓的人沒有來進行交易。

真相不是很簡單嗎？

……監察官先生和阿巴頓的意圖一致！

沒錯。

未練認為「與其被他人奪走而用在邪惡用途，不如乾脆破壞檔案」。製作檔案的阿巴頓集團也有完全相同的想法。他們採取的手段，就是連進行交易的這艘船都一起沉沒。

阿巴頓打算把檔案、想要得到檔案的組織、知道祕密的人，全都葬送到海底。未練知道這件事，便想要加以利用。他利用的方式，就是「不干涉」。

就阿巴頓方面來說，算是提出警告：「如果繼續和檔案扯上關係，絕對不會寬容」。

佛沃雷也一樣。至少鳥邊野弦一郎和諾蕾姆都察覺到這項事實。也因此，他們才會輕易放棄檔案，只有不知情的一之井熱心活動。

諾蕾姆的忠告是來自未練的建言。

如果讓他們成為祭品被殺害，未免太可憐了。只要傳遞「在船上」的情報就行了。他大概是基於這樣的想法，特地請前來遞送檔案的諾蕾姆傳話。

每一個人都沒有說謊。

然而在背後，卻有各種意圖交錯。

東彌來到主甲板。他看到已經有火苗竄出來了。

乘客爭先恐後地想要逃跑。工作人員拚命疏導避難。救生艇接連放到海面，也有很多人等不及而跳入海裡。「坐在這種船上的人，應該會下地獄吧。」——死神的話閃過東彌腦海。

就在這時候——

「戻橋！幸好你沒事！」

他回頭，看到珠子站在面前。

珠子跑向他，但他伸手制止。

「不對。」

「咦……？」

「妳不是珠子。沒錯吧？——『綠眼怪物』。」

沒錯，他了解了。

他了解「綠眼怪物」究竟是什麼。

††

在船體底部。

金髮女郎一看到那個人物，便露出驚愕的表情。

不過在交談兩、三句之後，她很快地鬆了一口氣，並開始抱怨。

「真是的……我真的受夠了。」

這項工作本來應該很簡單。

她要做的只是安置炸彈。就只有這樣而已。

多虧可靠的協助者，這艘Sheol Royal Blue的警備體制完全走漏了。再藉由調整屍體被發現的時機，就可以轉移眾人注意力。

只要避人耳目潛入機艙周邊，把分解後帶進來的炸彈組裝好，放在這裡就行了。這項工作就是這麼簡單。

如果要炸沉整艘船，讓船上的人一個活口都不留，就要花更多工夫來設計，也需要相當大量的火藥。

然而這次的情況並非如此。

受害規模只要「差不多」就可以了。

阿巴頓的意圖的確是要「葬送檔案片段和覬覦檔案的傢伙」，但最大的目的是要警告「下次絕不寬容」。也因此，只需要傳達「繼續出手就等著瞧」的訊息。

她不打算把這艘客船破壞到蕩然無存，只要沉沒就行了。不，既然主要目的是最後通牒，實際上甚至沒有必要沉船，只需讓覬覦檔案的各方勢力理解到阿巴頓的認真程度。

如果還有下一次，就要動員超能力者，確實殺死對手。

只需要讓對手理解這一點。

「所以真的是很輕鬆的工作。雖然說不能只有小火的程度，不過船只要失去平衡，很快就會沉沒。你知道嗎？藉由載貨和稱作壓艙水的東西，調整適當的浮力，船就可以浮在海面上。」

另外只要破壞引擎，也會停下來。這點跟汽車一樣——她繼續說。

除此之外，女人也周到地在其他部位（和船的航行完全無關、但其他乘客立刻會發覺到的地方）也設置炸彈和點火裝置。

這些裝置只要憑一個開關，就能同時爆炸。船內一定會立刻陷入混亂狀態。如果只有黑手黨的成員就算了，但這艘船上也有一般工作人員和眾多乘客搭乘，很難立即收拾局面。

以轉移注意力為目的的災害，就真的只要小火的程度，因此不需要特別的器材。具備些許專門知識的人只要有心，就能利用牆上的插座或電子用品的電池等輕易起火。

女人不曾預期的是，雙岡珠子不知為何來到船體底層這個地方。

雖然不知道珠子為什麼要來這裡，不過女人原本以為這個時間沒有輪機員，警衛的注意力又在別的地方，應該可以悠閒進行工作，卻被看到身影。

由於光線昏暗，距離又遠，珠子應該沒有很清楚地看到她。如果珠子以為是自己看錯就好了，不過如果她想要確認「是否真的有人」，或是打算呼叫支援，那就得解決掉她了。

女人這麼想。

然而狀況變得更加複雜。

接下來輪到想要確認人影的珠子被Sheol的殺手發現，進入交戰狀態。

「我可以在兩人嬉戲的時間裡完成工作，但傷腦筋的是沒辦法出去。」

總不能在雙方對戰當中若無其事地走出去。

話說回來，光是躲起來等待也無法解決。如果某一方的勢力來增援，就更難逃出去了。

當時的狀況可說走投無路。

「所以當她在戰鬥結束之後馬上離開，我總算鬆了口氣……而且後來你不是也來了，殺掉麻煩的傢伙。」

女人嘻嘻笑著繼續說：

「話說回來，這項能力也真方便。沒有弱點嗎？啊，你不用真的說出來。我知道超能力者很討厭別人知道代價跟報酬的事。」

女人不可能會知道。

對於眼前的「綠眼怪物」來說，相較於代價與報酬的內容，「自己的超能力內容被人得知」才是更大的問題。

不過這也是沒辦法的。

她不可能預期到，光是一起工作就會被殺死。

在她的認知中，既然擁有這麼厲害的能力，被人知道一些內容也不會有問題。她認為「不管自己知道什麼，對方都能馬上應付」。

因為「綠眼怪物」的能力是——

「好了，快走吧。趕快離開這個討厭的地方。」

女人不可能會知道，自己接下來要前往的是地獄。

＋＋

珠子——不，是珠子外貌的某人喃喃地說「真服了你」，搔了搔頭。光憑這個動作也可以確認，她不是雙岡珠子。

在爆炸起火、逐漸下沉的船上，乘客紛紛逃跑之後，戻橋東彌終於面對「綠眼怪物」。

「……你怎麼知道的？」

「是眼睛。眼睛的顏色不一樣。」

「我明明裝了彩色隱形眼鏡。」

「不是這個意思……珠子的眼睛更溫柔。」

「那就沒辦法偽裝了。」某人笑了，摘下雙眼的隱形眼鏡。

露出來的是美麗的綠眼珠。

「綠眼怪物」——green-eyed monster。

「因為太簡單，反而沒有發覺。其實一開始就很明顯了。」

未練的部下被殺害時，留下「敵人是綠眼睛」的遺言。

為什麼情報如此有限？東彌思考過種種可能之後，才發現自己漏掉最簡單的理由：綠眼睛正是最醒目的特徵。

「從以前就是這樣。只要和對手四目相對，我就能完整複製對手的容貌，可是只有眼睛顏色沒辦法改變。」

怪物開懷地笑了。

即使能夠完全改變外型容貌，只有代表嫉妒的顏色無法改變。

世界彷彿在傳遞這樣的訊息。

「毀掉被害人的臉部也是必然的。因為如果不讓死者的臉無法辨識，就沒辦法裝成這個人物。」

這是老套的推理小說手法。

「綠眼怪物」的能力是「變身為四目相交的對手容貌」。然而光是這樣不夠充分。尤其是在船上這種密室，只要本人還在，就會發生有兩個人面貌相同的情況。這不是理想的狀態。

也因此，才得毀掉對方的臉。

為了成為對方。

「你一開始是躲在行李箱之類的上船，接著複製可愛女生的容貌，並殺死對方。」

這就是第一個受害者。

「接著利用那個女生的外表引誘大人物，變身為這位大人物之後，又殺死對方。」

這就是第二個受害者。

「下一個受害者大概是某位員工吧。你故意讓人發現第一和第二具屍體，利用混亂的狀況，假扮為Sheol內部人員，想要調查C檔案的下落，有機會就想要偷走。」

第三個受害者沒有被發現，也是很正常的。

「綠眼怪物」變身為這名員工，因此無人搜尋。

屍體大概被藏在某處。

「哦，沒想到你這麼清楚。」

「搬運行李箱的是阿巴頓的人……也就是在船上裝炸彈的人吧？你和阿巴頓處於半合作關係，可是內心卻不是。所以你才會殺害知道你真實身分的阿巴頓的人。」

這就是死在機艙的金髮的人。

怪物再度以開懷的笑容詢問：

「那麼你猜我為什麼能夠變身為你的搭檔？」

「……小珠在機艙附近對戰。監察官的部下接到『去看一下狀況』的指示，大概也到那裡。你才剛剛殺死阿巴頓的人，接著又變身為內閣情報調查室的人，接觸小珠。」

「很遺憾，你猜錯了。我變身的第四個人是內閣情報調查室的間諜，所以才能很自然地和那個叫音羽的人說話。就這麼簡單。接下來——」

「綠眼怪物」敲了一下手掌。

「解謎也告一段落，差不多可以給我你的外表了吧？」

「如果我拒絕呢？」

「你應該知道，你的搭檔還活著。你知道我說的不是謊言吧？只要你把你的身分給我，我就告訴你她被監禁在哪裡。你可以去救她。」

「你變成我之後要做什麼？」

「接下來大概想變成�辻未練監察官。然後等我逃亡到阿巴頓，再變成別的人。」

戻橋東彌領悟到，這個人和自己是表裡兩面。

這個人追求的東西跟自己一樣，也就是稱讚與認可。為了成為受到稱讚的某人，他才會繼續做這種事，

他無法認同普通的生活方式。

他無法肯定自己的存在。

相似到無可救藥——

「這項提議很有魅力，不過我拒絕。」

「是嗎？為什麼？」

「這大概就是你的本質，也是『業』吧。我也沒資格說別人。不論被人怎麼看，都只能這樣活下去。我和你一樣，即使傷害他人，也要繼續當自己。可是……」

就在這個時候，冒充珠子外表的怪物身體被某樣東西貫穿。

鮮血四濺。內臟被擊穿好幾道的怪物跪在地上。

他回頭。

站在那裡的是背著珠子的未練。

未練的左手被高速旋轉的水流包覆。這正是「不定的激流」的能力——僅限左手腕周邊液體的念力。就如水刀一般，普通的水如果高速擊出，也能成為強大的凶器。

「你背負太多不必要的業障，殺太多人了。」

「……為、什麼……？」

「監察官先生本人就是最後的方案。我拒絕你的提議，是因為小珠已經得救，而且拖時間的工作也結束了。」

梻辻未練說過，希望他們上船。

他沒有說過自己不會上船。

「——『綠眼怪物』。」

未練開口。

他的語氣沉靜但充滿怒氣。

「我不管你到底是誰，不過我要以警察廳警備局警備企畫課特別機動搜查隊、第七分隊隊長的身分告訴你，你的人權現在已經終止。和這艘船一起下沉、去死吧。」

＋＋

梻辻未練走出房間，利用智慧型手機取得位置資訊。

不久之後，這艘船就會下沉。

這一點他已經委婉地告知戻橋東彌與雙岡珠子以外的部下。

他也下達命令：「爆炸時要確保安全，有餘力再去救人。」未練已經沒有要做的事了，頂多是努力去減輕災害。不過阿巴頓如果違反先前的情報，決定使用大規模的炸彈，就沒有太大的意義。大家只能一起葬身海底。

然而也有掛慮的事項。

……音羽沒有聯絡。他被……殺了嗎？

音羽沒有進行定時聯絡。

不，正確地說有是有，但時間不對。原本決定「基本上每隔一定時間要聯絡，除此之外，在某個時刻（預定爆炸前）要報告各自的位置」，但卻少了後半的報告。是被殺了，或者是遭到殺害之後被奪走手機？

珠子的發信機動向也令人在意。發信機在她自己的房間停留幾分鐘，然後立刻開始移動。她會不會在房間遭到殺害，並且被奪走手機？

……地點是自己房間。如果發生爆炸之後仍舊沒有移動，那就可以肯定了。

不去確認就無法判別。他決定前往發信機所在的位置。

未練原本就打算要努力救出這兩人。他們是被騙來參加這次計畫的，因此他至少得負起這樣的責任。不過終究也只是「救出的努力」而已。

「……要恨我也沒關係。不論如何，還是需要一定程度的犧牲。」

這句話也和對殉死的部下說的話一樣，沒有任何意義。

++

一切都結束了。

未練在起火燃燒、逐漸下沉的船上抬起頭。

「……抱歉。我一直在騙人。」

「沒關係。你自己潛入有可能爆炸的船上。光憑這一點，就知道你的正義是明確的……更重要的是，你救了小珠。」

「這沒什麼。我很擅長游泳，也喜歡水。」

栁辻未練也賭上了性命。

他藉由自己承擔風險，想要報償被自己欺騙的東彌與珠子，還有成為犧牲的人。這樣的報償終究只是自我滿足，但這正是栁辻未練這個人的存在方式。

而東彌喜歡貫徹自己存在方式的人。

「救生艇……看來好像都已經划走了。怎麼辦？」

「怎麼辦？我不會游泳，所以沒辦法。」

未練看了背在背上、失去意識的珠子，繼續說：

「如果只有一個人，我應該有辦法背著游到救生艇。第二個人……可能就來不及了。」

戻橋東彌笑了。

這是符合他這個年紀的可愛少年笑容。

——答案早就決定了。

尾聲

——「如果你也是栗色頭髮就好了。」

在變淡的記憶中，想起的總是母親的這句話。

我已經想不起她是跟誰比較而說出這句話的。是哥哥，還是妹妹？或者是童年的朋友？總之，我的髮色不是栗色，而幼時的我以為「自己如果是栗色頭髮，就會受到喜愛」。

明明是不可能的。

因為能力的代價，過去的記憶已經消失大半，連名字都想不起來。即便如此，在某個瞬間，腦中仍舊會響起母親的話，一定是因為那關係到我這個存在的核心。

我一直想要成為別人。

我想要成為某個人。

也因此，我變成了別人。

……可是我們不都是這樣嗎？我們一直掙扎著，想要變成不是自己的某人、被喜愛與讚賞的某人，在難以呼吸的狀態下伸出手。

我只有一項特別的能力。只有這一項。

要是乾脆放棄生命，或許會比較輕鬆，但我也無法放棄，只能憑著意氣、恐懼與些微的希望依附生命，踩著他人生存。一出生就持續被比較的我們，知道被吹捧的只有一小撮特別的人。即便如此，我們仍無法承認自己真正的模樣，因為嫉妒與憎恨而瘋狂。

到處都有的「我」，究竟有什麼價值？

每個人都一樣。

人類都是嫉妒他人的怪物。

沒錯，不只是我。他一定也一樣。

只是生活方式稍微有點不同。

只是想要當的人物不一樣。

我和他的差別，就只有這樣。

✢✢

珠子醒來，看到的是遠處在燃燒中下沉的船。

雖然是嚴峻的景象，但卻沒有真實感。燃燒的火焰照亮夜晚的海洋，傾斜的船舶宛若矗立在世界盡頭的巨大墓碑，甚至感覺很美。不知那是在悼念誰的死亡。

接著她發覺到自己全身溼透，特地買的禮服也泡湯了。雖然說是為了工作，可是這套衣服真的很貴。

然而在這個瞬間，她理解到一切。

「對了，我……」

她被那名戴墨鏡的男子勒住了脖子。

她回頭，看到異常美麗的綠眼睛。

與「正直」或「善良」無緣、也因此才美麗的眼睛，很像某個人。

「不用抬起身體也沒關係。或者應該說，如果要起身就得小心點，免得救生艇沉下去。」

制止珠子的，是以抱著她的姿勢看守著她的男人。

是椥辻未練。

「栁辻……監察官？這裡是……」

「瞳孔和脈搏應該都沒問題，現在先休息吧。」

珠子有無數問題想要問。

交易結果怎麼樣了？C檔案下落如何？「綠眼怪物」究竟是何方神聖？為什麼船沉了，自己坐在救生艇上？

更重要的是——他怎麼了？

未練或許察覺到她的疑問，以溫柔的聲音對她說：

「……一切都結束了。多虧妳們的幫忙。謝謝——」

他低下頭。

就像是在由衷感謝。

或者是為了某種理由在道歉。

「他在另一艘救生艇上，馬上就能見面，所以妳現在先忘記一切，休息吧。」

「這樣啊……」

太好了。

這是珠子直率的感想。

東彌一定是在她沒看到的地方大展身手，解決事件。珠子覺得自己實在是太窩囊、太礙事了。她心想，「下次一定要努力」。下次她一定要完成某件事，這一來身為他的上司、站在他身旁才不會丟臉。

雙岡珠子並不知情。

雖然說遭到門前攻擊是純粹的失誤，但是「機艙附近可能有些線索」的預感命中了。即使不是刻意的，但因為珠子在那裡，使得阿巴頓的刺客躲在船體底部無法出來，也因此炸彈並沒有設置得很完美，最終大幅減輕整艘船的受害程度。

她的行為雖然有很多愚蠢的部分，但也有一定的價值。

「……這樣啊……」

沒錯，她不知道。

——戻橋東彌並沒有坐上救生艇。

「太好了……真的太好了……」

「對了，這一切都是你們的功勞，謝謝。」

所以休息吧。

未練反覆這麼說。

不要緊，已經不要緊了。

一切都進行得很順利。

「那就好……」

雙岡珠子說完這句話，再度失去意識。

直到最後，她仍有許多不知道的事。

「……真的很感謝你們兩個。」

東彌不在這裡。

所以可以說謊。

沒有人指摘未練說的內容是隱藏殘酷真相的溫柔謊言。

珠子無從得知關鍵的事實，故事就要結束了。

格外美麗的月光照亮兩人乘坐的救生艇。

++

東彌坐在倒下的「綠眼怪物」旁邊——原本有可能是自己的這個對手旁邊。

這時他忽然發覺到這個「某人」還有氣息。由於被射中要害，無疑已經沒救了，但意識似乎還很清醒，起身之後就問：「你不逃走嗎？」

「我不會游泳，沒辦法逃。」

「那實在是運氣太差了。」

「真的。」

不到幾分鐘，船大概就會完全沉下去。

「綠眼怪物」和東彌都會消失在夜晚的大海。

「要不要來賭博？這裡有賭場的籌碼。」

「……你還真愛賭。」

「因為我這輩子都在賭。你也一樣吧？」

沒錯，一直在賭。

賭博、拚命、孤注一擲——欠缺。

也因此，他才會在這裡。因為直到最後都想要當自己，才會在這裡。

他只是一直前進。即使前進的方向是破滅也不在乎，持續走在死亡線上。在外人眼中看來，或許是愚蠢的生活方式。

但是這並不重要。

因為他知道對決的價值。他決定要賭在這種生活方式上。

愚蠢、短暫、瘋狂——也因此才美麗。正因為無關乎「正直」與「善良」，才能綻放光芒的生命。

「——這樣啊。原來這就是『倒懸者』……」

「……什麼？」

「咦，你不知道嗎？明明就是你的別名。『倒懸者東彌』應該已經很有名了吧？聽說你以前也有同樣的綽號。」

「這樣啊。那真是光榮。」

「不過在我看來，這個稱呼不足以形容你這個人。你甚至不怕死，在死亡線上與死神跳舞……沒錯。」

——「破滅的倒懸者」。

超能力者的別名除了表達畏懼，也能用來表達敬意。

這是承認其扭曲的存在方式、並予以讚賞的特別稱呼。

取名的是和東彌擁有相同起點、相同業障的「綠眼怪物」。

就是這麼回事。

「怎樣，你喜歡嗎？」

「嗯，很棒。我喜歡帥氣的名字。」

「是嗎？對我們這種人來說，帥氣是最重要的。」

「的確。」東彌笑著說。

某人也笑了。

「好了，我選正面吧。你呢？」

「我選反面就可以了，『破滅的倒懸者』……說謊的我不適合選正面。」

「我知道了。」東彌彈起硬幣。

被拋到空中的硬幣經過永恆般的時間，落在手掌上。

結果是正面。

「是正面。運氣方面也是我贏。我和你的對決，不是因為有監察官在，而是因為……」

說到這裡，他才發覺。

坐在旁邊的某人已經斷氣了。

「真無聊。」戻橋低聲說完站起來，獨自走在逐漸沉沒的船上。燃燒的火焰與平靜的水面形成奇妙的對比，只聽見遠處傳來逃走的人的尖叫聲。

他從懷裡取出到手的磁片。這是C檔案的片段。東彌把它們一併折成兩半，然後又折了一次，丟進附近的火中。

這一來名單就永遠被葬送了。

一切都已經結束。

他抬起頭，看到夜空中的星星異常美麗。月亮沒有指示道路，只是若無其事地發光。

他不知道去處。他一開始就不知道。或許原本就無處可去。所以就跟平常一樣。

跟平常一樣。

沒錯。這是很常見的結局之一，是自己造的業。

所以沒有流淚的必要。

「……獨自一人還滿寂寞的。」

可是為什麼他會感到格外寂寞與失落？

一定是因為她。

東彌一直都是孤獨的，但最近身邊卻多了別人。

所以我——

「我好像真的很喜歡小珠。」

他喃喃說出的話沒有傳遞給任何人，隨著濃煙往上飄，消散在星空中。

誰都不知道這是謊言或是真話。

那個溫柔的少女大概會苛責自己，大聲哭喊；然而東彌想要告訴她，沒有必要這樣。

即使知道不可能傳達，仍舊想要告訴她。

不是嗎？

只不過是決定了勝負，迎接一場賭博的結尾。

沒錯。

只不過是拋到空中的硬幣出現了正面或反面。

參考文獻

《莎士比亞選集10奧賽羅》（研究社／大場建治　編注翻譯）

國家圖書館出版品預行編目資料

破滅的倒懸者．3，特務搜查 CIRO-S 死亡線的終點 / 吹井賢作；黃涓芳譯．-- 初版．-- 臺北市：臺灣角川股份有限公司，2021.05
面；　公分．-- (Kadokawa light literature)（角川輕．文學）

譯自：破滅の刑死者．3，特務搜查 CIRO-S 死線の到達点
ISBN 978-986-524-433-0（平裝）

861.57　　110003978

破滅的倒懸者 3 特務搜查 CIRO-S 死亡線的終點

原著名＊破滅の刑死者 3 特務捜査 CIRO-S 死線の到達点

作　　者＊吹井 賢
插　　畫＊カズキヨネ
譯　　者＊黃涓芳

2021 年 5 月 26 日　初版第 1 刷發行

發 行 人＊岩崎剛人
總 編 輯＊呂慧君
主　　編＊李維莉
美術設計＊林慧玟
印　　務＊李明修（主任）、張加恩（主任）、張凱棋

台灣角川

發 行 所＊台灣角川股份有限公司
地　　址＊105 台北市光復北路 11 巷 44 號 5 樓
電　　話＊（02）2747-2433
傳　　真＊（02）2747-2558
網　　址＊http://www.kadokawa.com.tw
劃撥帳戶＊台灣角川股份有限公司
劃撥帳號＊ 19487412
法律顧問＊有澤法律事務所
製　　版＊尚騰印刷事業有限公司
I S B N＊978-986-524-433-0